O ÚLTIMO HOMEM BRANCO

MOHSIN HAMID

O último homem branco

Tradução
José Geraldo Couto

Companhia das Letras

Grafia atualizada segundo o Acordo Ortográfico da Língua Portuguesa de 1990, que entrou em vigor no Brasil em 2009.

Título original
The Last White Man

Capa e ilustração
Filipa Damião Pinto/ Foresti Design

Preparação
Vadão Tagliavini

Revisão
Marina Nogueira
Paula Queiroz

Dados Internacionais de Catalogação na Publicação (CIP)
(Câmara Brasileira do Livro, SP, Brasil)

Hamid, Mohsin
O último homem branco / Mohsin Hamid ; tradução José Geraldo Couto — 1ª ed. — São Paulo : Companhia das Letras, 2023.

Título original: The Last White Man.
ISBN 978-65-5921-527-0

1. Ficção paquistanesa (Inglês) I. Título.
23-144035 CDD-823

Índice para catálogo sistemático:
1. Ficção : Literatura paquistanesa em inglês 823
Eliane de Freitas Leite – Bibliotecária – CRB 8/8415

EDITORA SCHWARCZ S.A.
Rua Bandeira Paulista, 702, cj. 32
04532-002 — São Paulo — SP
Telefone: (11) 3707-3500
www.companhiadasletras.com.br
www.blogdacompanhia.com.br
facebook.com/companhiadasletras
instagram.com/companhiadasletras
twitter.com/cialetras

Para Becky

PARTE UM

Um

Certa manhã ao acordar, Anders, um homem branco, descobriu que tinha adquirido uma profunda e inegável tonalidade marrom.* Tomou consciência disso aos poucos e depois repentinamente, primeiro como uma sensação, ao estender a mão para o telefone, de que a luz matinal estava fazendo alguma coisa estranha com a cor de seu antebraço, e em seguida um sobressalto, com a convicção momentânea de que havia outra pessoa com ele na cama, um homem, mais escuro, mas isso, embora aterrorizante, era certamente impossível, e ele constatou que o outro se movia exatamente como ele, não era uma pessoa separada, mas simplesmente ele próprio, Anders, o que lhe trouxe uma onda de alívio, pois se a ideia de que outra pessoa estava lá

* Mohsin Hamid descreve seus personagens usando expressões como *brown* [marrom] e *dark people* [pessoas de pele escura]. *Brown*, no contexto britânico, refere-se a pessoas que não são fenotipicamente negras, mas de tez marrom. Já *dark people*, como o nome sugere, diz respeito a pessoas não brancas de pele escura. (N. E.)

era apenas imaginada, então com certeza a noção de que ele tinha mudado de cor também era um engano, uma ilusão de óptica, ou um constructo mental, nascido no lugar escorregadio entre o sonho e a vigília, exceto que agora ele tinha o celular nas mãos e tinha invertido a câmera, e via que o rosto que o fitava de volta não era de modo algum o seu.

Anders desceu atabalhoadamente da cama e começou a correr rumo ao banheiro, mas, acalmando-se, forçou-se a andar mais devagar, de modo compenetrado, medido, sem saber se agia assim para tomar controle da situação e obrigar a realidade a retornar mediante o mero poder da mente, ou porque correr iria apavorá-lo mais ainda, tornando-o para sempre uma vítima de perseguição.

O banheiro era familiar de um jeito desleixado mas reconfortante: as rachaduras nos azulejos, a sujeira no reboco, o rastro de pasta de dente ressecada na lateral da pia. O interior do armário de remédios era visível, a porta de espelho, meio solta, pendia torta, e Anders ergueu a mão e aprumou seu reflexo diante dos olhos. Aquele não era um Anders que ele pudesse reconhecer.

Foi tomado pela emoção, não tanto de choque ou de aflição, embora essas coisas também estivessem presentes, mas acima de tudo o rosto que substituía o seu o enchia de raiva, ou melhor, mais do que de raiva, de uma fúria inesperada e homicida. Queria matar o homem de cor* que o confrontava ali em sua casa, extinguir a vida que animava o corpo daquele outro, não deixar nada em pé exceto ele próprio, tal como era antes, e golpeou com o lado do punho o rosto refletido, fazendo a armação

* No original, *colored man* [homem de cor]. Usado de forma eufêmica ao longo da primeira metade do século passado, o termo caiu em desuso a partir da década de 1960. Hoje, assume caráter pejorativo tanto no Brasil quanto no Reino Unido e Estados Unidos. (N. E.)

toda — armário, espelho e tudo — se desconjuntar, como um quadro depois de um terremoto.

Anders ficou ali parado, a dor na mão amortecida pela intensidade que o arrebatara, e sentiu-se tremer, uma vibração tão leve que quase não se percebia, mas em seguida mais forte, como um perigoso calafrio de inverno, como o ar gelado exterior, ao desabrigo, e isso o levou de volta à sua cama, sob as cobertas, onde ficou deitado por um bom tempo, escondido, desejando que aquele dia, apenas começado, por favor, por favor, não começasse.

Anders esperou por um desfazimento, um desfazimento que não veio, e as horas se passaram, e ele se deu conta de que tinha sido roubado, era vítima de um crime, cujo horror só fazia crescer, um crime que o despojara de tudo, que o despojara de si mesmo, pois agora como ele poderia dizer que era Anders, como poderia ser Anders agora, com esse outro homem a encará-lo, no celular, no espelho, e tentou não ficar verificando, mas a toda hora verificava de novo, e constatava de novo o roubo, e, quando não estava verificando, não havia como escapar da visão de seus braços e mãos, escuros, tanto mais assustadores, pois, embora estivessem sob seu controle, não havia garantia alguma de que assim fossem permanecer, e ele não sabia se a ideia de ser estrangulado, que pipocava a todo momento em sua cabeça como uma lembrança ruim, era algo que ele temia ou se era o que mais desejava fazer.

Tentou, sem apetite algum, comer um sanduíche, para ficar mais calmo, equilibrado, e disse a si mesmo que ficaria tudo bem, embora não estivesse convencido. Queria acreditar que, de algum modo, voltaria a ser como antes, seria consertado, mas já duvidava, e não acreditava mais, e quando questionou se aquilo não estaria inteiramente na sua imaginação, e fez um teste tirando uma foto e postando-a num álbum digital, o algoritmo que no passado teria infalivelmente sugerido seu nome não conseguiu identificá-lo.

Anders normalmente não se importava de ficar sozinho, mas, tal como estava naquele momento, era como se não estivesse só, mas em tensa e hostil companhia, aprisionado dentro de casa porque não ousava pôr o pé na rua, e ia do computador à geladeira, da cama ao sofá, movendo-se continuamente no seu espaço diminuto por não conseguir ficar muito tempo parado, mas para Anders não havia meio de escapar de Anders naquele dia. O desconforto vinha junto.

Começou, não teve como evitar, a investigar a si mesmo, a textura do cabelo no crânio, o restolho de barba no rosto, a granulação da pele das mãos, seca, a visibilidade reduzida dos vasos sanguíneos ali, a cor das unhas dos dedos dos pés, os músculos das panturrilhas e, despindo-se freneticamente, seu pênis, pouco notável em termos de tamanho ou peso, pouco notável exceto pelo fato de ser seu, e portanto bizarro, impossível de aceitar, como uma criatura do mar que não deveria existir.

Anders mandou mensagem no primeiro dia dizendo-se doente. No segundo, disse que estava mais doente do que julgara a princípio e que provavelmente faltaria ao trabalho a semana toda, diante do que seu chefe lhe telefonou, e quando Anders não respondeu, seu chefe mandou mensagem dizendo é melhor que você esteja morrendo, mas depois disso deixou Anders em paz, a não ser por um P.S., uma hora depois: se não trabalha, não recebe pagamento.

Anders ainda não tinha visto ninguém desde sua transformação, e não estava com vontade de ver quem quer que fosse, mas estava sem leite, sem peito de frango e sem atum enlatado, e só dispunha de proteína em pó numa quantidade que um homem dificilmente seria capaz de consumir sozinho, o que significava que teria que sair e encarar o mundo, ou pelo menos o atendente da mercearia. Apanhou um boné e enterrou-o na cabeça.

Seu carro, que tinha sido da sua mãe, tinha quase metade da idade dele próprio, os operários que o haviam montado estavam aposentados havia muito tempo, ou tornados dispensáveis, substituídos por robôs, e gingava um pouco quando mudava de marcha, e mais ainda quando fazia uma curva, como uma dançarina com uma cintura maleável, ou então um bêbado, mas havia uma resposta agradável no seu motor reconstruído, um anseio de impressionar, e a mãe de Anders tinha sido fã de música clássica, de modo que seu pai tinha providenciado para que o sistema de som fosse cristalino, com agudos claros e um alcance médio honesto, o que para Anders era, especialmente naqueles dias, uma espécie de discreta e confiante falta de reverberação nos graves.

No estacionamento da mercearia, Anders viu alguém olhar para ele e depois desviar o olhar, e aconteceu de novo no corredor dos laticínios. Não sabia o que estavam pensando, se é que estavam pensando alguma coisa, e desconfiou que era imaginação sua ter detectado lampejos de hostilidade ou repugnância. Reconheceu o atendente que escaneou suas compras, mas o atendente não o reconheceu, e Anders teve um momento de pânico ao entregar a ele seu cartão de crédito, mas o atendente não prestou atenção nem ao nome nem à assinatura, e não respondeu aos murmúrios de Anders de obrigado e até logo, não se mexeu e nem sequer piscou, como se Anders não tivesse dito coisa alguma.

Quando Anders entrou de novo em seu carro, ocorreu-lhe

que as três pessoas que o tinham visto eram brancas, e que talvez ele estivesse sendo paranoico, inventando significados a partir de detalhes que talvez não importassem, e, ao parar num semáforo, confrontou seu próprio olhar no retrovisor, procurando a brancura ali, pois ela devia estar em algum lugar, quem sabe em sua expressão, mas não conseguiu vê-la, e quanto mais olhava, menos branco ele parecia, como se procurar sua brancura fosse o contrário da brancura, afastando-a mais ainda, fazendo com que ele parecesse desesperado, ou inseguro, ou como se não pertencesse àquele lugar, ele que havia nascido ali, que droga, e então ouviu a buzina contínua do carro atrás do seu e começou a passar o sinal que tinha ficado verde uns segundos antes, e a mulher no carro de trás mudou de faixa para ultrapassá-lo e baixou o vidro para xingá-lo, furiosa, xingou feio e com vontade e arrancou a toda velocidade, e ele não fez nada, nada, não gritou de volta, não sorriu para desarmá-la, nada, estava mentalmente deficiente, e ela era bonita, bonita mesmo, ou tinha sido antes de gritar, e, quando chegou em casa, ele ficou se perguntando como teria reagido, como poderia ter reagido, se houvesse algum meio qualquer de ela saber que ele era branco, ou de ele mesmo saber, porque de repente, e não havia como esconder o peso daquilo, ele não sabia.

Anders deu uma tragada no baseado e reteve a fumaça nos pulmões, mas talvez tenha sido um erro, porque quando terminou de preparar seu almoço, já não estava mais com fome, em vez disso sentia uma espécie de ansiedade rascante, que ele sabia por experiência que devia superar fumando, para não ficar empacado nela, e fumou mais, e fitou seu celular, perambulando pela internet, e no final seu almoço acabou virando seu jantar.

Anders teria gostado de falar com sua mãe, se houvesse uma única pessoa no mundo com quem pudesse falar naquele momento teria sido ela, mas ela partira havia alguns anos, por causa da água, eles sabiam, da água que tinha cheiro ruim e gosto ruim, mas ela havia melhorado depois, e aí veio o câncer e a devorou por dentro, como devorava tantas pessoas, era difícil provar que havia uma causa específica, difícil provar no tribunal, em todo caso, e em seus últimos meses ela não conseguia falar, só pigarrear a seco, e ela só queria que aquilo acabasse, então o fim foi uma bênção.

Mas antes de ficar doente ela tinha escutado, e tinha uma fé ilimitada em seu filho, tinha longas conversas com ele quando ele ainda nem falava, e lia para ele na cama quando ele ainda nem lia, e quando estava na sala de aula dela, aos sete anos, ele adorava, tanto que no ano seguinte se recusou a passar para a série subsequente, e ficou na classe dela por duas semanas até ser convencido, a contragosto, a seguir em frente, e foi ela que fez dele um leitor, e brigou para que ele tivesse um tempo extra para fazer suas provas, e quis que ele fosse para a universidade, embora tenha partido antes que ele pudesse entrar, e no final a vida não permitiu, e ele não entrou na faculdade, embora ainda esperasse, por ela, mas também por ele próprio, que talvez ainda pudesse entrar um dia, ou uma noite, já que um curso noturno parecia mais factível.

No colégio as pessoas sempre tinham dito que sua melhor característica era o sorriso, um sorriso de bem consigo e de bem com os outros, um sorriso de vamos lá, generoso, convidativo, que ele herdara da mãe, que passara do rosto dela para o seu, e que agora estava ausente, como ausente estava o sentimento que o tornava possível, e Anders não sabia se um dia aquele sorriso voltaria.

Dois

Quando atendeu o telefone, Oona tinha acabado de fazer sua meditação, de modo que estava naquele frágil estágio de serenidade a que a meditação pode induzir, naquela sensação de ter chegado ao ápice dos próprios pensamentos, e teria gostado de permanecer ali, como estava agora, e no momento mesmo de desejar isso, de desejar o que quer que fosse, já estava escorregando, perdendo o poder de flutuação, sucumbindo sob a onda que chegava.

Ela ouviu o pânico e a angústia na voz de Anders com um retângulo de vidro e metal pressionado contra o lado da cabeça, de temperatura fria e em seguida neutra, e deixou-o falar, e, à medida que ele prosseguia sem parar, ela foi tentando tranquilizá-lo, a fim de mostrar-se gentil e solidária, mas seu coração não estava realmente presente, um alheamento se instalara nela, pois, enquanto ele falava, ela estava pensando principalmente, e cada vez mais, em si mesma.

Oona voltara a morar na cidade para ajudar a mãe durante a agonia e morte do irmão gêmeo de Oona, uma agonia que se estendeu por longo tempo, talvez desde o primeiro comprimido aos catorze anos, e ela se mudara de volta tendo em vista a possibilidade remota de que seu irmão gêmeo quisesse tê-la junto de si quando morresse, de que ele pudesse querer de fato isso, de que as carências relacionadas a pessoas ainda pudessem emergir nele com força suficiente para suplantar as carências engendradas pela dependência química, ainda que ter essa esperança significasse ser fragorosamente derrotada, pois era a esperança de uma pessoa contra o empenho de milhares, talvez milhões, e seu irmão tinha morrido sozinho, como sempre foi de se esperar, a não mais do que uns poucos quilômetros de distância da família.

De modo que Oona não se censurou por pensar em si mesma naquele momento, enquanto Anders falava de sua crise. Gostava de Anders, mas a relação entre eles era uma atração colegial renovada recentemente, uma coisa meio de conveniência, a seu ver, como um modo de passar o tempo, de suportar o tempo, e Oona não pensava ter muitas reservas a gastar naquela nova situação, estava sem economias, em termos emocionais, na verdade estava profundamente endividada, concentrada agora em sua própria sobrevivência, em sua própria existência, e plenamente no direito de cortar Anders, de dizer a ele que tinha que sair, e evitar as ligações dele por um tempo, até que as ligações fossem desaparecendo, e era isso que ela planejava fazer quando disse que tinha que dar uma aula, mas então surpreendeu a si mesma ao acrescentar, em tom enfastiado, que iria visitá-lo depois do trabalho, naquela noite.

E se surpreendeu mais ainda ao ir de fato.

O percurso de bicicleta a partir do seu trabalho levou menos de quinze minutos, avançando da parte mais próspera para a mais pobre da cidade, o céu ainda não escuro, mas apenas os postos de gasolina, os bares, restaurantes e lojas de conveniência ainda abertos no seu trajeto, dois ou três de cada um deles, não mais que isso. A quantidade de casas comerciais vazias crescia à medida que ela avançava, e pessoas aparentemente expelidas havia muito tempo daqueles locais desolados podiam ser vistas apoiadas em postes de sinalização nas esquinas e estendidas sobre papelão em terrenos abandonados.

Anders chamava de choupana o seu lar, e era mesmo pequeno, apenas um cômodo, como um térreo que deveria levar a algo mais, mas não levava. Oona bateu com força na porta precária, golpeou-a na verdade, e em seguida entrou sem esperar resposta. Queria ser a pessoa a vê-lo, estava menos perturbada por essa ideia, a ideia de encontrá-lo no meio daquilo que ele estivesse fazendo, em vez de esperar que ele se apresentasse, que apresentasse aquela nova versão de si mesmo e perscrutasse a reação dela, mas aconteceu de ele estar no banheiro, de modo que ela se viu obrigada a esperar, desconfortável, desatenta.

O lugar estava limpo e organizado, com cada coisa no seu lugar, não que Anders possuísse alguma coisa além de livros, dos quais tinha uma quantidade incomum, ou pelo menos maior que a maioria dos rapazes, empilhados contra as paredes sobre tábuas e lajes de concreto, fazendo Oona se lembrar de como ele era livresco e metódico quando adolescente, um leitor tão aplicado quanto improvável.

Quando ele apareceu, ela tomou um grande susto, não apenas porque ele estava mais escuro, mas porque não era sequer reconhecível, apesar de ter o mesmo tamanho e configuração. Até a expressão de seus olhos era diferente, embora talvez fosse pelo medo, dele e não dela, e foi só quando ele falou e ela ouviu sua voz que Oona soube com certeza, apesar do fato de já ter sido informada, que era mesmo ele.

"Então, está vendo?", perguntou ele.

"Caramba", ela respondeu.

Ele se sentou no sofá, e depois de um momento de hesitação ela foi sentar-se a seu lado, e conversaram, e ela pôde notar que ele estava desesperado por um conforto, mas ela relutava em fornecê-lo, resistindo a ser arrastada àquele papel, de novo, de novo não, e resistindo também a mentir para ele, porque não sabia que bem isso poderia trazer, de modo que lhe disse o que pensava, à queima-roupa, que ele parecia outra pessoa, aliás não apenas outra pessoa, mas um tipo diferente de pessoa, completamente diferente, e que qualquer um que o visse pensaria o mesmo, e era duro, mas era isso.

Os olhos dele se encheram de lágrimas, mas ele não chorou, conseguiu mantê-las represadas nos cílios, piscando e franzindo a boca, e então perguntou se ela queria um baseado, chegando a forçar um sorriso, ao qual ela sorriu de volta, um sorriso que implicava um risco, mas que escapou dela mesmo assim, e respondeu que sim, que diabo, ela queria, sim.

Ele enrolou um e eles fumaram, como faziam com frequência, e ficaram em silêncio por um tempo, à toa, e então ele acenou com a cabeça em direção à cama e pediu a ela que ficasse, e ela pensou no assunto, olhando para ele, ainda desconcertada pela sua aparência, e ainda mais pela condição ferida e vulnerável dele, e quando ele se levantou e caminhou para a cama, ela não o seguiu, não deu sinal algum, não até ele começar a se despir, e então ela fez o mesmo, cuidadosamente, e eles se uniram com uma dose de cautela, quase como se um estivesse espreitando o outro, sem que se soubesse bem quem espreitava e quem era espreitado, talvez ambos fazendo ambas as coisas, de certo modo, e foi assim que acabaram tendo aquela noite de sexo.

Anders trabalhava numa academia de halterofilismo e Oona ensinava ioga, e seus corpos eram jovens e saudáveis, e se nós, escrevendo ou lendo isto, nos entregássemos a uma espécie de prazer voyeurístico em relação à cópula deles, talvez pudéssemos ser perdoados, pois eles também estavam vivenciando algo não inteiramente diferente disso, a Oona de pele clara espiando a si mesma esfregar-se com um estranho de pele escura, e Anders, o estranho, espiando a mesma coisa, e o ato foi intenso para eles, visceral, tocando-os onde, inesperadamente, ou não tão inesperadamente, eles descobriam uma dissonante e perturbadora satisfação em ser tocados.

Depois ficou uma curiosa sensação de traição, tornando o sono difícil para ambos. Oona desceu da cama no meio da noite, vestiu-se e saiu sem uma palavra, destravando sua bicicleta e pedalando o mais rápido que conseguia. A rua de Anders estava escura, e mesmo algumas das vias principais em seu percurso tinham lacunas na iluminação pública, como dentes faltantes. Se tivesse planejado ficar até tão tarde, ou partir tão cedo, ela normalmente teria ido de carro.

Enquanto pedalava, Oona resistia ao impulso de olhar para trás, ou de perscrutar a caminhonete que, por um momento, emparelhou com ela, e quando chegou em casa ela subiu os degraus da varanda carregando a bicicleta, passou pelo cartaz da empresa de vigilância comunitária do bairro e pela porta da frente, depositando-a menos tentadoramente no vestíbulo, e então subiu as escadas, ouvindo o som da respiração da mãe, mais um arquejo ocasional do que uma série de roncos, e chegou por fim a seu quarto, que, assim como o quarto de seu irmão, tinha permanecido tal como ela o deixara quando se mudou dali, e embora em seu retorno Oona tenha removido os pôsteres e adesivos e recordações de seu tempo de colégio, substituindo-os por plantas e fotos e coisas de trabalho, testemunhos de sua vida adulta, o quarto ainda parecia, em seus alicerces, e nos dela, o quarto de uma criança.

Quando acordou, Oona viu que tinha uma mensagem de Anders e não a respondeu. Em vez disso, fez suas saudações ao sol, concentrou-se em seu equilíbrio e naquilo que nas suas aulas chamava de desenvoltura, a naturalidade e a suavidade de seus movimentos. Detectou em si uma rigidez, tanto física como mental, uma espécie de retesamento, que passou a tentar remediar por meio da meditação, mas pensamentos do dia anterior continuavam a se intrometer, de modo que ela fez o melhor que pôde para concentrar toda a atenção na preparação do café da manhã para si própria e para sua mãe, aveia da noite anterior com frutas vermelhas e manteiga de amendoim, que sua mãe aceitou com espanto e um abano de cabeça.

"É tão saudável que poderia matar uma pessoa", disse ela.

Oona ergueu uma sobrancelha. "É esse o plano", respondeu.

Depois de terem comido, Oona conferiu os remédios da mãe para o colesterol, para o açúcar no sangue, para a pressão sanguínea, para afinar o sangue, para a depressão e para a ansiedade, a ser tomados em diferentes quantidades e combinações ao longo do dia. A mãe tivera no passado a mesma altura de Oona, mas agora estava um pouco mais baixa, e pesava o dobro, e parecia significativamente mais velha do que era, embora com muita frequência, quando tirava um cochilo, seu rosto fosse capaz de retroceder no tempo e parecer fugazmente o de um bebê.

"As pessoas estão mudando", disse a mãe.

"Que pessoas?", perguntou Oona.

"Todo mundo", respondeu ela, e acrescentou de modo expressivo: "Nossa gente."

Era o tipo de coisa habitual, desta vez sobre gente branca de repente deixar de ser branca, e Oona viu outra mensagem de Anders piscando na tela de seu celular, mas não a leu, e em vez disso perguntou à mãe como ela sabia aquilo, e sua mãe respondeu que pela internet, e Oona disse que ela não deveria confiar nas coisas que encontrava na internet, e de início disse isso honestamente, por hábito, com a voz sólida de convicção, e foi só um instante depois, quando pensou no assunto, que Oona teve que forjar o som da verdade em seu tom ao repetir o que havia dito.

A mãe de Oona não era dada a fantasias quando Oona e seu irmão eram crianças, ou melhor, se era, a fantasia que ela então habitava era uma fantasia comum, a crença de que a vida era bela e que correria da melhor maneira possível e as pessoas boas como eles obteriam o que mereciam na maior parte dos casos, as exceções sendo apenas isso, exceções, tragédias, mas ela não trabalhara mais depois que os gêmeos nasceram, e quando seu marido morreu, inesperadamente cedo, na plenitude de suas forças, deixou para ela dinheiro suficiente para seguir em frente, mas levou consigo aquela fantasia, deixando-a sozinha para lutar com a lenta perda do filho, num mundo que não se importava e que estava ficando cada vez pior, pior e pior, e cada vez mais perigoso, um perigo que se podia ver em toda parte, bastava olhar para o redemoinho de crimes nas ruas e para as pessoas estranhas que apareciam quando a gente chamava para alguma coisa, um encanador, um eletricista, para ajudar no jardim, para ajudar no que quer que fosse.

Oona era agora a mãe da sua mãe, ela sentia, ou talvez mãe não fosse a palavra certa, talvez filha coubesse bem, ambas as palavras significando mais do que ela pensara no passado, cada uma delas tendo dois lados, um lado de carregar e outro de ser carregada, cada palavra no final sendo o mesmo que a outra, como faces de uma moeda, diferindo apenas na ordem com que uma das faces ficava para cima primeiro quando a moeda era lançada ao ar.

Oona deixou a mãe falar, sabendo que discutir significava

prolongar a conversa, disputar significava perder, e quando a mãe percebeu que não teria a satisfação de uma desavença, olhou na direção da sala com a televisão grande, e Oona botou a mochila nas costas, apanhou sua bicicleta e partiu em direção à porta.

"Você é tão linda", disse-lhe a mãe quando ela estava saindo. "Devia arranjar uma arma."

Três

Naquela semana, Anders sentiu-se vagamente ameaçado ao circular pela cidade, o que fazia tão raramente quanto possível, e, embora isso comportasse seus próprios riscos, vestia uma jaqueta com capuz, o rosto invisível quando olhado de lado, e se tivesse feito mais frio naqueles gloriosos dias de início de outono, ele teria calçado luvas, mas, dada a temperatura, isso teria parecido ridículo, de modo que ele mantinha as mãos nos bolsos e uma mochila pendurada num dos ombros para carregar o que tivesse ido buscar, papel de cigarro ou pão ou carregador de celular, o que significava que suas mãos podiam ficar escondidas a maior parte do tempo, emergindo apenas para abrir uma porta ou estender o dinheiro de um pagamento, um lampejo de pele marrom, como um peixe saltando à superfície e submergindo de novo, consciente do risco de ser visto.

Pessoas que o conheciam não o conheciam mais. Ele passava por elas em seu carro ou na calçada, onde às vezes elas desviavam para lhe dar passagem, e onde às vezes, sem pensar, ele fazia o mesmo. Ninguém o agredia, nem esfaqueava ou baleava, ninguém o agarrava, ninguém sequer gritava com ele, não desde aquela mulher no carro, pelo menos ainda não, e Anders não sabia ao certo de onde vinha sua sensação de ameaça, mas ela estava ali, era forte, e uma vez que lhe parecia óbvio que ele era um estranho àqueles que podia chamar pelo nome, tentava não os olhar no rosto, nem deixar seu olhar se demorar de maneiras que pudessem ser mal interpretadas.

Quase tão perturbador quanto ver alguém que ele reconhecia era a sensação de ser reconhecido por alguém que ele não conhecia, alguém de pele escura, esperando num ponto de ônibus ou manejando um esfregão ou sentado num grupo na carroceria de uma caminhonete, um grupo que era, não conseguia evitar a imagem, como um conjunto de animais, não de seres humanos, sendo transportados de um serviço, de um canteiro de obras, para o seguinte, e o que era de fato mais perturbador era o momento em que um homem escuro olhava para ele, olhava para Anders como se o visse, no instante em que seus olhos se encontravam, não com afabilidade nem com hostilidade, mas simplesmente como os olhos das pessoas se encontram, como gente, e, quando isso acontecia, Anders desviava rapidamente o olhar.

Anders demorou para contar a seu pai, não sabia bem por quê, talvez porque seu pai sempre tivesse parecido um pouco desapontado com ele, e aquilo poderia desapontá-lo mais ainda, ou talvez porque seu pai já tivesse uma cota suficiente de problemas, e Anders não queria aumentar seu fardo, ou talvez porque, enquanto seu pai não ficasse sabendo, a coisa não teria acontecido de fato, Anders ainda seria Anders, ali na casa onde ele crescera, e contar iria desfazer isso, tornando tudo diferente, irrevogavelmente diferente, mas, qualquer que fosse o motivo, ele esperou, esperou, até que contou.

Contou por telefone, o que era uma coisa covarde de se fazer, mas não tinha ideia de como aparecer e simplesmente dizer aquilo, ora, seu pai acreditaria de todo modo, e tinha sido assim que ele contara a Oona, por telefone, e foi assim que fez de novo, e seu pai na primeira vez desligou o telefone, e na segunda lhe perguntou se ele estava bêbado, se achava que aquilo era engraçado, e quando Anders respondeu não para as duas perguntas, ele indagou, com aço na voz, um aço familiar a Anders, se seu filho estava tentando chamá-lo de racista, ao que Anders respondeu que de modo nenhum, e então seu pai disse: me mostre, espertinho, venha aqui e mostre para mim se puder.

O pai de Anders o surrara de verdade apenas uma vez, batera nele não poucas vezes, mas uma surra substancial tinha sido só uma vez, pois sua mãe havia proibido as surras havia muito tempo, e na ocasião em que ele surrou Anders foi porque Anders tinha sido negligente com um rifle carregado, descarregando-o por descuido, Anders fora negligente depois de alertado repetidamente, e na época Anders era duas cabeças mais baixo que seu pai, e seu pai, pensava Anders, tivera razão em surrá-lo, mas havia sido uma surra que Anders não esqueceria jamais, nem a surra nem a lição, e era esse o ponto, uma arma era um marco na jornada da morte, e como tal devia ser respeitada, como um caixão ou um túmulo ou uma refeição no inverno, algo com que não se brinca, e ao dirigir seu carro rumo à casa do pai, embora Anders agora fosse o mais alto e mais pesado dos dois homens, por alguma razão aquela surra voltou direto para o palco central da sua mente.

O pai de Anders era um contramestre de obras, magro e enfermiço até a medula, até as tripas, mas não confiava em médicos e se recusava a consultá-los, e seus olhos pálidos ardiam como se ele estivesse febril, ou como se implorasse para ser assassinado, tinham sido assim desde a morte da mãe de Anders, ou desde que ela adoecera e ficara claro que não melhoraria, ou talvez até desde antes, Anders não tinha certeza, mas, com toda aquela sua magreza, suas costas eram eretas e seus antebraços eram como cordas entrelaçadas, e ele era capaz de carregar um peso improvável oscilando muito pouco, com o tipo de vigor que simplesmente fazia as coisas acontecerem, um vigor espantoso, Anders tinha que admitir, e seu pai estava esperando por ele na varanda da sua casa, e encarava o filho, o filho que o fazia lembrar da esposa, da mãe do rapaz, não que o rapaz fosse mole, mas era mais meigo do que seria aconselhável para ele, e se perdia com muita facilidade em devaneios, e tinha em si os belos traços dela, um rapaz feito no molde da mãe, e ao ver seu rapaz agora, ao ver Anders se aproximar, aquilo tudo acabara, ela havia partido, e aquele rapaz, que tornava difíceis as coisas fáceis, que ainda não encontrara seu caminho, aquele rapaz, o pai de Anders podia ver, iria sofrer, e sua mãe tinha evaporado, já não se podia vislumbrá-la em nenhuma parte dele, e ele ficou postado ali, o pai de Anders, com um cigarro na boca, uma das mãos segurando o tecido da manga do filho, a outra rígida ao lado do corpo, e ele chorou, chorou com um estremecimento, como se tivesse uma tosse sem fim, sem emitir som algum, fitando o homem que havia sido Anders, até que o filho o puxou para dentro, e ambos por fim se sentaram.

Em seu dia de folga, Oona foi à metrópole para ver uma amiga, à metrópole onde ela havia cursado faculdade e começado uma vida interrompida, ou abandonada, Oona não sabia ao certo, ela em outros tempos pensara na primeira hipótese, mas agora era realista, e sabia que cada mês passado longe da metrópole tornava mais difícil voltar um dia, sabia disso, a metrópole simplesmente funcionava assim, era o preço que você tinha que estar preparado para pagar, e ela estava preparada, de modo geral, e estava pagando, mas sentia falta da metrópole, sentia uma falta feroz, especialmente naquele momento, ao dirigir seu carro na viagem de três horas e se permitir sentir o chamado da metrópole.

Atravessar a ponte e as águas impetuosas e ver os edifícios altos era como entrar num outro mundo, tornar-se outra Oona, e não deveria ser possível simplesmente estacionar e descer do carro naquelas ruas que ela conhecia tão bem, mas era, e ela caminhou pelo parque de seu velho bairro, e apanhou uma garrafa de vinho em sua velha loja de bebidas, e viu as luzes começarem a cintilar contra o anoitecer, e logo ela estava no minúsculo apartamento da amiga e o vinho estava aberto e a cidade estava lá do outro lado das janelas e elas podiam fazer de conta, se assim desejassem, que nenhum tempo havia passado para elas.

Mas elas falaram, e Oona não queria falar do seu irmão, mas a amiga perguntou, então ela falou, e a atmosfera mudou, e estavam de novo no agora, e não em outros tempos. Tinham que comer, o que as levou a sair, e enquanto comiam também bebiam, e o espírito delas ficou menos pesado, e foram a um bar onde Oona nunca estivera antes, e beberam mais, e uns sujeitos as abordaram, e houve dança, e houve um corpo próximo do dela, e o sentir-se tocada através do tecido do seu vestido, e uma proposta, e um ritmo compartilhado, e a dúvida sobre ir ou não para casa com ele, mais do que a dúvida, o início imediato de alguma coisa, desejo, mas havia cansaço também, um cansaço e uma desculpa sobre ter que acordar cedo no dia seguinte, e um sono intranquilo no saco de dormir da amiga, num canto de chão nu, e um alarme ao amanhecer, ela nunca precisara de alarme, e em seguida estava na estrada, um balde de café tendo substituído seu costumeiro ritual matinal, sob um céu implacável, a cabeça cheia e doendo, a música baixa, no caminho de volta para chegar a tempo de sua aula de meio-dia, para ensinar, escavar dentro de si para ser capaz, e ensinar.

* * *

Naquela semana, Anders mandou mensagens para Oona e ela só respondia de modo intermitente, o bastante para que ele tentasse de novo a cada um ou dois dias, mas da parte dela o bastante para reagir de modo completamente frio, pois o mero fato de mandar uma mensagem para ele ia contra seu melhor juízo, e ela tinha o cuidado de não responder tão depressa a ponto de sugerir que estava mais confortável com a situação dele do que realmente estava, isto é, nem um pouco confortável.

Começaram a surgir em todo o país relatos de pessoas se transformando, relatos a princípio totalmente duvidosos, facilmente desacreditados e amplamente ridicularizados, mas depois assumidos por vozes confiáveis, como uma questão a ser confirmada, sendo confirmada, aparentemente acontecendo mesmo.

Quando a mãe de Oona a chamou no andar de baixo uma noite para dizer que aquilo estava na televisão, que estavam entrevistando alguém que deixara de ser branco, bem agora, no noticiário, e então disse, quando Oona se postou a seu lado, veja, veja, existem provas, Oona assistiu um pouco e depois de um momento escapou dali e telefonou para Anders.

Atrás da casa de Oona a lua era visível, faltando um pouquinho para ser cheia, uma lua de barriga grávida, era o que o pai dela costumava dizer, e as estrelas se espalhavam pelo céu, e lá estava Júpiter, cintilante, e Saturno, nem tanto, e ela seguiu o arco à procura de Marte, mas havia árvores no caminho, e não dava para ver Marte agora, e não ver Marte a fez pensar em como era frígido o espaço, como era inumano, um vazio sem vida, morto, como o pai dela, e como seu irmão que o havia seguido, que nunca o superara, e essa linha de pensamento a desamarrou, fazendo da Terra uma âncora menos confiável, sua conexão com a relva sob os pés descalços menos firme, e ela sentiu o repuxão da ausência deles, de seu irmão, de seu pai, puxando-a, o nada que os arrebatara, que nos arrebata a todos, o modo como pode nos arrebatar, nos anulando, e em seguida um som de telefone chamando, um som que parou, e Anders respondeu do outro lado.

Ele também tinha visto o noticiário.

"Acho que você não está sozinho", disse ela.

"Acho que não", respondeu ele, calmamente.

"Qual é a sensação?", perguntou ela.

Ele esperou um bom tempo. "Não piorou", disse ele. E o modo como ele disse soou a ela como um convite.

Quatro

Para seu chefe, Anders explicou sua situação, que não era única, nem contagiosa, até onde se sabia, e retornou à academia de halterofilismo depois de uma semana de ausência, e seu chefe estava esperando por ele na entrada, maior do que Anders se lembrava dele, embora obviamente do mesmo tamanho, e seu chefe o inspecionou e disse: "Eu me mataria".

Anders encolheu os ombros, sem saber ao certo como responder, e seu chefe acrescentou: "Se fosse comigo".

Embora cheirasse a suor, a academia estava vazia, pois era cedo, os cavaletes de aço, as plataformas de piso de madeira, os bancos com rasgões cobertos por fita adesiva cinza, tudo estava desocupado, e eles dois passaram a se exercitar separadamente, o chefe de Anders bufando no agachamento com halteres monstruosos, troncudo, os cotovelos grossos como joelhos, os joelhos grandes como cabeças, o rosto vermelho de raiva, como ficava sempre que ele levantava peso, lembrando a Anders a ocasião, alguns meses antes, em que o chefe quase atacara alguém que tinha falado com ele numa sessão, tinha falado com ele no momento errado, quando ele estava em sua zona, na zona bárbara que ele habitava antes de uma tentativa de levantamento, pois, mesmo na meia-idade, seu chefe ainda era um competidor sério, na categoria dos veteranos, e como seu chefe tivera que ser contido, com muita dificuldade, por quatro homens grandes, muito maiores que Anders, e Anders estava lá, bem perto, não para competir, mas simplesmente para apoiar, e o incidente todo o deixara constrangido, havia algo de primal naquilo, de perturbador, e ele foi levado a lembrar daquilo naquele momento, pois entre um levantamento e outro seu chefe parava, parava e observava Anders no seu levantamento terra, Anders com um peso adequado, um peso nem maior nem menor do que Anders conseguia levantar antes, o que era tranquilizador para ele, de certo modo era algo que não tinha mudado, mas ele se perguntava se seu chefe pensava de outra forma, dada a intensidade com que observava, se esperava que o peso fosse diferente, já que Anders estava diferente, ou se tudo aquilo estava só na cabeça de Anders, e de todo modo ele ficou aliviado quando o primeiro cliente adentrou o recinto, e agora havia ali três homens, não dois.

A academia foi se enchendo à medida que o dia avançava, e Anders não queria, mas passou a notar olhares, olhares rápidos, evasivos, conforme se espalhava a informação de que ele, aquele sujeito escuro, era Anders, tinha sido Anders, e Anders tentou ignorar aquilo, pois era popular na academia, a pessoa a quem se recorria quando se tinha uma dor no joelho ou quando não se conseguia erguer prontamente o peso acima da cabeça, ou quando a pessoa exagerava no esforço, quando uma vida toda de dores cobrava seu preço, o que acontecia com frequência, porque aquela era uma academia de aparelhos pesados, uma academia para fortes, onde homens, e geralmente só homens, testavam-se com barras móveis contra o poder da gravidade, não era um lugar reluzente com aparelhos de aço cromado, e os clientes ali tendiam a ser mais velhos, e malhavam não como se estivessem se exercitando, mas como se estivessem desesperados, e era assim que avaliavam Anders, a quem os veteranos chamavam de Doc, abreviatura de *doctor*, porque em seus anos ali ele se tornara quase um expert em botar os corpos de novo em ordem, e lia tudo o que conseguia encontrar, era uma espécie de mecânico dedicado e erudito, de modo que as pessoas gostavam dele, gostavam muito dele, naquela academia, ou tinham gostado, pois agora não parecia ser bem assim, não era algo inteiramente confortável, ao que parecia, se Anders estava vendo bem, a menos que ele estivesse paranoico, talvez estivesse mesmo sendo paranoico, um tanto tenso e ansioso.

Anders disse a si mesmo que os olhares eram naturais, qualquer um faria isso, até ele, afinal não era uma situação corriqueira, e para tranquilizar as pessoas, e tranquilizar a si mesmo, tentou agir de acordo com seu jeito bem-humorado habitual, ser ele próprio, por assim dizer, agir inegavelmente como ele próprio, mas era mais difícil do que ele imaginara, impossível na verdade, pois o que poderia ser menos ele mesmo, mais desastrado, do que tentar ser ele mesmo, e aquilo o estava desconcertando, aquela artificialidade, mas não tinha ideia do que colocar no lugar dela, e então, em vez disso, começou a se espelhar nos outros à sua volta, a ecoar a maneira como falavam e andavam e se moviam e como mantinham a boca, como se estivessem realizando alguma coisa, e ele estava tentando realizar também, não sabia o quê, mas, fosse o que fosse, não era suficiente, ou sua performance não era convincente, porque sua sensação de ser observado, de estar fora, observado pelos que estavam dentro, de estar estragando tudo por si mesmo, essa sensação profundamente frustrante não o abandonou o dia todo.

Oona passou aquele dia no seu estúdio, onde os clientes eram bem diferentes dos de Anders, eram mulheres em sua maioria, e embora não propriamente ricos, eram ricos para o padrão local, e mais instruídos, adiando o envelhecimento mediante tentativas de permanecer flexíveis, e relativamente esbeltos, num ambiente de que os odores humanos estavam banidos, substituídos por outros inspirados em plantas, sugerindo talvez, pensava Oona, o ciclo natural da vida, ou, inversamente, pensando bem, a imortalidade, como uma floresta de sequoias, cujas árvores podiam viver quase para sempre.

Oona era a menos graduada dos instrutores gerais do estúdio, e era muito procurada por ser diligente e talentosa, e porque sua aparência condizia com o papel, seu corpo sendo o tipo de corpo ao qual seus clientes atribuíam legitimidade, e se não era abertamente amistosa, pelo menos não era inamistosa, o que se justificava, dada a tragédia recente em sua família, cuja história tinha sido amplamente discutida entre os frequentadores do estúdio.

Diferentemente de Anders, Oona não sabia se queria continuar naquela carreira. Ensinar ioga tinha começado como uma atividade secundária, mas secundária em relação a quê nunca ficou claro, não tendo encontrado na cidade um trabalho supostamente verdadeiro que vingasse, ou uma vocação que lhe parecesse um chamado inequívoco, depois de experimentar um pouco de atuação teatral e escrita e até um pequeno negócio, mas sem fazer progresso algum em nenhuma dessas coisas, e por um tempo ela cogitou a tentativa de se monetizar por meio das mídias sociais, postando imagens de seu dia, suas práticas, sua vida, mas, embora tivesse seguidores, não tinha seguidores o bastante, e ela se perguntou então se era ela que não era suficientemente atraente, ou não suficientemente hábil em fotografar, ou se parecia falsa, se sua falsidade não era bem disfarçada como a dos outros, e enquanto milhares de estranhos pareciam contentes em espiá-la, não chegavam a centenas de milhares, ou milhões, ou mesmo as dezenas de milhares que atestariam um progresso real, e parecia que nunca chegariam a tanto, e o monitoramento constante de si mesma a privava de uma parte da satisfação genuína que ela encontrava na ioga, e quando seu irmão morreu ela parou de postar, e agora não sentia mais desejo algum de postar, embora não tivesse cancelado sua conta, simplesmente a deixou lá, uma porta de volta à busca potencialmente viciante de celebridade, como um cigarro na casa de alguém que deixou de fumar, e está administrando com sucesso a abstinência, mas vê com carinho a parte de si que vê com carinho o ato de fumar.

·

Quando terminou seu trabalho naquela noite, Oona pedalou de volta para casa e jantou com sua mãe, e sua mãe não comeu quase nada, o que significava que ela provavelmente já tinha comido, embora negasse isso, e negasse com um tom ofendido que sugeria que era verdade, e sua mãe se queixou de dores, a única queixa que Oona e ela estavam de acordo que ela não devia combater com medicação pesada, por causa do que esta fizera ao irmão de Oona, mas cada uma delas tomou uma taça de vinho, e depois Oona preparou um banho para a mãe, com velas e colheradas de sais de banho, e ajudou a mãe a passar por cima da borda, para garantir que ela não caísse de novo, já que entrar na banheira era mais traiçoeiro do que entrar no box do chuveiro, e então saiu do banheiro enquanto sua mãe esperava para despir seu roupão curto, diferentemente de quando Oona era criança e sua mãe se despia e tomava banho na sua frente sem se preocupar, um novo recato tendo surgido do horror, e quando ela terminou, Oona sentou-se junto à cama da mãe e a massageou suavemente, com loção nos pés endurecidos, e depois se esgueirou para fora do quarto, na esperança otimista de que a mãe caísse no sono, coisa que não tinha conseguido na noite anterior, não de forma adequada, só num par de horas agitadas, mas quando Oona verificou, alguns minutos depois, tinha acontecido, o som era inequívoco, os arquejos breves e solitários, uma vitória, e Oona deveria estar pronta para ir também para a cama, mas não estava, estava fora de prumo, inquieta, e por isso não foi para a cama, desceu para a rua e foi de carro até a casa de Anders sem avisar.

Oona não sentia que estivesse querendo ser tocada, que quisesse uma efusão física, queria outra coisa, companhia talvez, sim, a companhia dele, a companhia de Anders, sentar-se com ele, compreendida, e simplesmente estar.

O que acontecera a Anders quase a dissuadiu no meio do caminho, ao parar num sinal vermelho, mas ela não deu meia-volta, e então ela chegou, e a porta dele estava, como sempre, destrancada, e com um par de batidas de advertência ela já estava dentro, e o homem escuro estava lá, o homem escuro que havia sido Anders, e ela o havia visto uma vez antes, aquele homem escuro, havia até feito sexo com ele uma vez antes, bizarro pensar nisso agora, mas foi como se ela o estivesse vendo pela primeira vez, uma pessoa desconhecida, e ela teve que se esforçar para ver Anders nele, para ver que aquele era Anders, o Anders com quem tinha familiaridade, com quem passara muitas noites, ao longo dos últimos meses, aquele era aquele Anders, Anders diante de seu computador velho e desajeitado, digitando no teclado sobre o colo, olhando para ela, e sorrindo um sorriso que ela não reconhecia, não nele, não ainda, mas um sorriso que não intensificava a força que ela sentia que a estava corroendo, um sorriso que bastava a si mesmo e não pedia nada.

Ouviram música e fumaram um baseado, Anders no sofá, Oona no chão, a distância e a diferença de elevação impedindo que se tocassem inconscientemente, de modo que se tocavam só quando passavam o baseado, dedos roçando dedos, e falavam um pouco mas não muito, Anders surpreso e contente por tê-la ali, mas também preocupado com sua presença, preocupado com a facilidade com que aquilo poderia se perder, e com o que significava preocupar-se com aquilo, e Oona não sabia que tinha ficado esperando, mas parecia que tinha, pois ela começou a falar e, uma vez tendo começado, não parou por um bom tempo.

Oona contou uma história de girinos, de missões ao lago para apanhá-los, o lago próximo do que eles chamavam de cachoeira, um rochedo de cimento da altura aproximada de um adulto, por sobre o qual o riacho transbordava quando chovia, e gotejava quando não chovia, e no lago havia girinos, que seu irmão adorava apanhar com uma rede destinada a peixes de aquário, mas primeiro havia a gosma mosqueada dos ovos, e depois as menores formas serpenteantes, e então, na excursão seguinte, girinos de tamanho adequado, mas eles ainda esperavam, esperavam até que as patas dianteiras começassem a crescer, até que as primeiras protuberâncias, os cotos, aparecessem, e era então que o irmão dela gostava de apanhá-los, sempre um par de cada vez, chamava-os de ele e ela, embora não soubessem se eram mesmo, e nem pudessem distinguir um do outro, apanhava-os porque eram mais interessantes naquele estágio, e podiam ser observados em casa num tanque cheio de água do lago, as patas dianteiras crescendo, as caudas encolhendo, com um plano de devolvê-los ao lago antes que as caudas tivessem desaparecido, antes que os girinos virassem rãs e se afogassem, um plano bem pensado que nunca funcionou, em nenhuma das vezes que o puseram em prática, nem sequer uma vez, o que soa horrível agora, mas na época era só triste, ficávamos tristes por eles, como se não fosse por nossa culpa que eles morriam, e com isso Oona terminou de falar, e, ao terminar, ela se levantou e tocou o próprio rosto, para ver se tinha ficado molhado, mas não havia lágrimas ali, e a voz dela estava firme, de modo que ela concluiu que não tinha chorado, e deixou Anders com um pequeno aceno de despedida.

Cinco

O chefe de Anders havia dito que se mataria, e na semana seguinte um homem na cidade fez exatamente isso, sua história tendo sido seguida por Anders na imprensa local, ou melhor, na seção regional on-line de uma grande publicação, já que o jornal local tinha sido fechado havia muito tempo, o tal homem disparou contra si mesmo diante de sua própria casa, um tiro ouvido mas não visto por um vizinho, e informado, e tomado por um ato de defesa do lar, o corpo escuro que jazia ali seria de um invasor, baleado com sua própria arma depois de uma luta corporal, mas o dono da casa não estava presente e não foi encontrado em lugar algum, e então a aliança de casamento e a carteira e o celular do morto foram verificados, bem como as mensagens que haviam sido enviadas, e os peritos investigaram, e o resumo daquilo tudo ficou claro; em outras palavras, concluiu-se que um homem branco havia de fato matado um homem escuro, mas também que o homem escuro e o homem branco eram a mesma pessoa.

O estado de espírito da cidade estava mudando mais rápido do que seu aspecto exterior, pois Anders não conseguia ainda perceber qualquer mudança real no número de pessoas escuras nas ruas, ou, se conseguia, não tinha certeza, aqueles que tinham mudado sendo, para todos os efeitos, poucos e bem espalhados, mas o estado de espírito, sim, o estado de espírito estava mudando, e as prateleiras das lojas estavam mais vazias, e à noite as ruas estavam mais abandonadas, e até mesmo os dias estavam mais curtos e mais frios do que bem pouco tempo antes, as folhas já não tão confiantes em seu verde, e embora essas mudanças sazonais fossem talvez apenas o curso das coisas, o curso das coisas parecia mais pesado a Anders.

No trabalho, Anders se tornara mais quieto do que de costume, menos seguro quanto ao modo como suas ações seriam percebidas, e era como se ele tivesse sido reescalado como personagem secundário no cenário de um programa televisivo onde sua vida estava sendo encenada, mas mesmo assim ele ainda não tinha perdido toda a esperança de que fosse possível um retorno ao seu velho papel, à sua velha centralidade, ou, se não centralidade, pelo menos a um papel melhor do que aquele, periférico, de modo que ficou quase empolgado ao ouvir que um cliente de longa data da academia tinha mudado de cor, na verdade ficou empolgado mesmo, esperando com alguma ansiedade a chegada do cliente, agora Anders não seria o único, empolgado até que o homem chegou no horário previsto, um homem escuro reconhecível apenas pela jaqueta, e ele ficou ali, parado, aquele homem, olhando ao redor, encarando os que o encaravam, e saiu sem dizer uma palavra, como se pudesse não voltar mais, como se não fosse voltar nunca mais.

A mãe de Oona era ativa on-line, e escutava rádio, e assistia aos telejornais, e passara a acreditar que estava por dentro, entre os eleitos, aqueles que entendiam a trama, a trama que sua filha dizia ser ridícula, uma trama que vinha sendo construída ao longo de anos, de décadas, talvez de séculos, a trama contra a estirpe delas, sim, de sua estirpe, não importava o que a filha dizia, pois elas tinham uma estirpe, as únicas pessoas que não podiam se dizer um povo naquele país, e não restavam tantas delas, e agora aquilo tinha chegado, estava ameaçando-as, e ela estava com medo, pois o que podia fazer?, mas havia aqueles entre aquelas pessoas que se levantariam, que se levantariam e a protegeriam, e ela tinha que acreditar neles, e estar pronta, tão pronta quanto possível, para se preservar, e especialmente preservar sua filha, que era o futuro, era o futuro de tudo, pois sem sua filha, sem todas as filhas daquelas pessoas, elas estariam perdidas, um campo sem rebentos, sem seiva, sem vida, um deserto, coberto de areia, com lagartos correndo de um lado para outro, e cactos estranhos crescendo onde outrora havia plantações exuberantes, e ela não tinha desejado viver em tempos assim, aquilo a aterrorizava, estava apavorada, mas era seu destino, assim como tinha sido o destino de seus ancestrais viver em eras de guerra e praga e calamidade, e ela precisava ser digna de suas raízes, precisava se recompor, sobreviver, por sua filha, por si própria, por sua gente, e fazer o que devia ser feito.

Eram necessárias provisões, e ela já hesitara por muito tempo, tempo demais, e comprara muito pouco, muito pouco porque tinha muito pouco dinheiro, o que o marido havia deixado só dava para o gasto, e em alguns anos dava a impressão de que acabaria prematuramente, e em outros anos parecia que iria durar, mas sem margem para erro, e em todos os anos ela era cuidadosa com o que tinha, remendando suas próprias roupas, moderando o aquecimento, encontrando os melhores preços, evitando supérfluos, a não ser raramente, muito raramente, quando não conseguia evitar, como no caso da televisão, que era maior do que ela precisava, mas era tão importante que ela se concedera o prazer, e mesmo assim comprou de segunda mão, de uma loja que dizia que era boa, e forneceu uma garantia, e agora ela precisava de provisões suficientes para durar um bom tempo, e custariam dinheiro, e isso bagunçaria seu orçamento, bagunçaria completamente, mas ela sabia que não podia mais hesitar.

Oona tentou dissuadi-la, dizer que obter um pouco a mais de mantimentos era sensato, mas não naquela quantidade, aquilo era demais, e as discussões das duas ficaram acaloradas, e quando levava sua mãe de carro aos grandes entrepostos fora da cidade, onde se podia comprar a granel, Oona não a deixava ouvir as estações de rádio que ela queria ouvir, e tentava trazer uma dose de realidade às atitudes, e se questionava sobre a sanidade da mãe, e mesmo sobre a sua própria, pois sua mãe estava convencida, e não seria dissuadida, era fortalecida em sua convicção pelas filas de consumidores que evidentemente pensavam como ela, pelas mercadorias em falta, não apenas comida mas pilhas elétricas, bandagens e remédios, e quanto mais sua mãe comprava, quanto mais Oona comprava junto com ela, mais aquilo alarmava Oona, mais a fazia duvidar, e sentir-se incerta, sentir-se menos segura de que sua mãe estava errada, menos capaz de dizer, com certeza, que não estava para acontecer, era loucura, loucura, mas talvez perceptível mesmo assim na brisa, talvez estivesse vindo, embora não pudesse estar vindo, uma grande e terrível tormenta.

Oona e Anders saíram para uma caminhada, e Oona lhe falou sobre a obsessão da mãe em estar preparada, e sobre suas recentes expedições de compras, e sobre toda a estocagem que ela havia testemunhado, a maneira como as pessoas estavam armazenando provisões, e Anders disse que talvez ele próprio devesse armazenar um pouco também, talvez ocorressem interrupções no abastecimento, mas ele esperava que as coisas se assentassem, e perguntou se ela achava que iriam se assentar, e ela disse que sim, e em seguida disse que não sabia mais, e ele disse que também não sabia mais, ele tinha pensado que tudo iria acabar se dissipando, mas, para ser honesto, ele não sabia.

Estavam caminhando à beira de um córrego, um córrego que passava pelo antigo colégio deles, o córrego mirrado agora, no outono, e eles estavam serpenteando pelo terreno acidentado entre um estacionamento e a água, do lado oposto à escola, com garrafas quebradas e porções de lixo espalhadas no caminho de cascalho, e Anders gostava daquela área, obviamente não muito atraente em si, mas porque lhe trazia à memória farras de baseado e bebida com camaradas de quem ele lamentava ter se afastado, e Oona gostava do lugar porque costumava caminhar por ali com o irmão, matando aula juntos, e justamente então o sol se encobriu, e o mato alto do brejo, a taboa, ondeou ao vento, um vento com um beliscão de frio, mas eles estavam vestidos adequadamente, Anders e Oona, estavam preparados, e até que não estavam nada mal.

Oona sentiu o friozinho no rosto, despertando sua pele, e continuaram caminhando, e então Anders disse que não tinha certeza de ser a mesma pessoa, tinha começado a sentir que sob a superfície ainda era ele, quem mais poderia ser?, mas não era assim tão simples, e o modo como as pessoas agem à nossa volta modifica o que a gente é, quem a gente é, e Oona disse que entendia, que era como aprender uma língua estrangeira, e ao tentar falar uma língua estrangeira, você perdia seu senso de humor, por mais que tentasse, não conseguia ser engraçado como costumava ser, e Anders disse que não sabia nenhuma língua estrangeira, já tinha sido difícil o bastante para ele ler e escrever na língua deles, e ele riu e ela riu com ele, e ele disse: mas entendo o que você quer dizer, sim, é exatamente isso.

Um caminhão pesado ribombou ao sacolejar sobre uma cratera em algum lugar ao longe, e quando os ecos do estrondo desagradável sumiram, Anders disse que havia um faxineiro de pele escura na academia, trabalhava de noite, e Anders sempre tinha sido gentil com ele, mas o sujeito da faxina passara a olhar para ele de um jeito novo depois que Anders se transformou, e Anders não tinha gostado disso, mas aquilo o fizera pensar, e ele se dera conta de que o faxineiro era o único sujeito na academia que nunca se exercitava lá, e era um sujeito tão pequeno, e será que foi contratado por causa disso, por ser pequeno, num lugar onde era importante ser grande, e será que ele tinha família, lá de onde ele veio, ou era sozinho, e por que Anders nunca lhe perguntara essas coisas, e por que aquele seu jeito novo de olhar para Anders incomodava Anders, o jeito de ele olhar para Anders como se Anders pudesse falar com ele, mas Anders ainda não tinha falado com ele, não além do habitual oi, boa noite, e Anders decidira que iria falar com ele, finalmente, depois de tantos anos, e pararia de ser gentil com ele, que não era de fato ser gentil com ele, era simplesmente tratar o faxineiro como um mascote, um cãozinho de estimação, em quem a gente faz uns carinhos e diz bom menino, e em vez disso Anders iria falar com ele, e ver o que ele tinha a dizer, não porque Anders agora fosse melhor do que era antes, mas porque o faxineiro poderia provavelmente contar algumas coisas a Anders, e Anders provavelmente poderia aprender.

Os mosquitos tinham sumido, as libélulas também, o ar acima do córrego estava livre de seus enxames de insetos, livre devido ao outono, e bem no alto pássaros seguiam seu caminho rumo a climas mais quentes, e era o tipo de dia em que se podia sentir o planeta cumprindo sua jornada, girando inclinado em sua trajetória, nunca parado, incontrolável, fazendo as tardes surgirem das manhãs.

Oona olhou de soslaio para Anders e refletiu em silêncio que às vezes ele lhe parecia normal e às vezes estranho, a percepção dela oscilava, mais ou menos como quando a gente fita uma tela de televisão fora de sintonia, uma tela estática, e depois de um tempo a gente começa a ver imagens, imagens bizarras tipo serpentes ou ondas ou uma montanha, ou não, não exatamente isso, pois não era o rosto dele, mas sim a percepção dela que se invertia, de um minuto para outro, como um leite em caixinha que a gente cheira e descobre que estragou, mas o gosto está normal, se a gente toma um gole um momento depois.

Era um dia de folga, e eles tinham por acaso alinhado suas agendas para que a folga dos dois coincidisse, ansiosos por se encontrar à luz do dia em algum lugar que não a casa de Anders, sem as pressões e complicações de uma cama por perto. Não era um feriado escolar, mas alguns colegiais estavam em pé na outra margem, um deles fumando, outro atirando pedras na água, e os rapazes não ficaram encarando Anders e Oona à medida que se aproximavam, mas estes, sim, olharam, e os rapazes eram todos de uma cor semelhante, mais ou menos, e Anders era escuro e Oona era clara, e Anders e Oona ficaram intensamente conscientes de sua diferença naquele instante, e o rapaz que estava atirando pedras não parou sua atividade, e as pedras achatadas que ele atirava para que resvalassem na superfície da água não eram necessariamente redondas, e algumas iam mais longe do que outras, e uma delas podia atravessar o córrego até Anders e Oona, e cair com um baque no caminho por onde eles caminhavam, mas nenhuma pedra os atingiu, nem chegou muito perto, e Oona não sabia se isso era casual ou de propósito, e Anders olhava fixo em frente, sem fazer contato visual com os rapazes, sem confrontar o arremesso de pedras, que não parou, como poderia ter acontecido, dado o risco de erro ou de mal-entendido.

PARTE DOIS

Seis

Havia irrupções de violência na cidade, uma pancadaria aqui, um tiroteio ali, e o prefeito pediu calma repetidas vezes, mas militantes tinham começado a aparecer nas ruas, militantes de pele clara, alguns vestidos quase como soldados em uniforme de combate, ou como soldados pela metade, com calças em estilo militar e jaquetas civis, e outros vestidos como caçadores, em cores silvestres, ou de jeans e coletes de atirador, mas todos os militantes, quaisquer que fossem seus trajes, visivelmente armados, e quanto à polícia, ora, a polícia não fazia nenhum esforço real para barrá-los.

Os militantes não afrontavam Oona quando ocasionalmente cruzavam seu caminho. Não a importunavam, não mais do que um grupo de homens em geral importuna uma mulher sozinha, até menos, possivelmente porque ela era branca, ou porque supunham que ela os apoiasse, já que não ostentava nenhum signo ou emblema de sua desaprovação e mantinha a boca fechada, mas ela prolongara até bem tarde sua cota de festas de bebedeira no colégio e na faculdade, e conhecia o sentimento que os militantes lhe causavam, o sentimento de que estavam juntos e ela sozinha, e de que sua situação pessoal podia mudar num instante, e ela não andava mais de bicicleta, só de carro, e eles a amedrontavam.

Mas sua mãe parecia estar bem alegre, animada, como se tivesse acabado de aumentar pesadamente sua medicação para o humor e seu corpo ainda não tivesse tido tempo de regular seu próprio sistema em resposta, e Oona não a via assim desde que o irmão de Oona tinha morrido, talvez desde que o pai de Oona tinha morrido, ela parecia achar que estava tudo bem com o mundo, e que o planeta estava rumando na direção certa, e os males seriam sanados, e o futuro era brilhante, com motivos para o otimismo de novo, motivos para o otimismo dali para a frente.

Oona se lembrou de quando tomou anfetamina com o irmão alguns meses depois do funeral do pai deles, quando ainda estavam no colégio, e já tinham tomado anfetamina antes, e seu irmão não estava tão ruim na época, era simplesmente um daqueles garotos que gostavam de se envolver com substâncias, com uma certa regularidade, e ainda não tinha encontrado as substâncias que o iriam aprisionar, e Oona tinha achado que era cedo demais depois da morte do pai para tomar anfetamina, e para ela foi mesmo, ela se sentira péssima, mas seu irmão não, ele tinha ficado alegre, alegre mas fragilizado, com uma alegria ao mesmo tempo poderosa e forçada, como a mãe de Oona estava agora, e era possível que a fragilidade de seu irmão naquele dia tivesse a ver com a tristeza da irmã gêmea, com o fato de ter que lidar com ela, mas Oona achava que não, achava que o irmão tinha ficado fragilizado porque não conseguia enganar a si mesmo por completo, porque iria desmoronar, já tinha desmoronado, assim como sua mãe tinha desmoronado, e uma alegria como aquela, quando se está desmoronado, aquele tipo de alegria súbita e louca, descabida, era apenas uma máscara.

De modo que Oona se preocupava com sua mãe, que agora estava desconcertantemente despreocupada, ou em todo caso menos preocupada, o que, em se tratando de sua mãe, era realmente estranho, e Oona se preocupava consigo mesma, com a cidade em que viviam, e com Anders, mais do que ela teria imaginado que se preocuparia, e redobrou seu compromisso com a prática da meditação, com resultados decididamente dúbios, pois a agitação em sua mente era com frequência forte demais.

Anders foi visitar seu pai num dia um pouco frio, usando as ruas secundárias, procedendo de modo hesitante, parando e observando nos cruzamentos, como um herbívoro, por instinto de autopreservação, assegurando-se do que estava à sua frente antes de se mover, e tendo luvas nas mãos, um capuz na cabeça e óculos de sol cobrindo os olhos, ocultamento ineficaz, mas talvez suficiente à distância, não que ele tivesse sido ameaçado, pois não tinha, ainda não, mas mesmo assim se sentia sob ameaça, de modo que não corria riscos, pelo menos os que podia evitar.

Seu pai demorou a atender quando Anders bateu na sua porta, e Anders ficou chocado ao constatar o quanto seu pai se deteriorara nas semanas transcorridas desde a última vez que o vira, e o filho soube com certeza que o pai estava de partida agora, soube que aquele homem magro e vigoroso estava saindo de cena, já tinha quase saído, e Anders ficou contente por estar de óculos escuros, assim seu pai não veria essa tomada de consciência em seus olhos, e o pai estava curvado, só um pouco, ele que sempre se postara tão ereto, curvado como se sua doença o tivesse socado no estômago naquela manhã e ele não quisesse mostrar que o golpe continuava a doer, mas quando algo tão ereto e tão importante se curva, mesmo que só um pouco, é uma coisa notável de se ver, e Anders contemplou aquilo, e eles se cumprimentaram com um aperto de mãos, um aperto firme, mais firme que o habitual, para compensar a debilidade da doença, e o pai de Anders não gostava de olhar para Anders, para o que seu filho se tornara, e não gostava de não gostar, de modo que se forçou a olhar para o filho, a segurar a mão do filho por mais tempo ainda, a pele marrom contra sua pele clara, e deu tapinhas no ombro de Anders e apertou-o ali, o que para o pai de Anders era um gesto expressivo, e ele inclinou a cabeça num sinal de boas-vindas e acolheu de volta em casa seu filho escurecido.

Dentro da casa, os móveis eram antiquados, e não combinavam com o pai de Anders, com o que ele teria comprado por vontade própria, pois tinham sido comprados pela mãe de Anders, e faziam Anders se lembrar dela, os pequenos babados no forro do sofá, as toalhinhas de renda nas mesas de canto, e na sala de estar as fotos eram de todos eles, dos pais de Anders quando jovens, de Anders quando bebê e quando menino, da família reunida, nenhuma com menos de uma década, fotos já envelhecidas pela passagem do tempo.

O pai de Anders ficou ouvindo o filho lhe falar sobre sua inquietação, e observou o filho beber uma cerveja enquanto deixava a sua própria no copo, quase intocada, a cerveja deslocada ali, fora do hábito e da conveniência, porque o pai de Anders não podia mais lidar com ela, e ele foi buscar o frasco de metal onde guardava dinheiro e deu uma certa quantia ao filho, contra as objeções do filho, e vasculhou os armários e ajudou o filho a levar até o carro algumas provisões essenciais, ou antes entregou-as nas mãos do filho; de todo modo o rapaz teria o trabalho mais pesado, ficar em pé já era duro o bastante para o pai, e ele ignorava a própria dor, pois agora ela fazia parte dele, constante, nem remotamente suportável, mas também inevitável, de forma que a aceitava como uma irmã malvada, e ele foi buscar um rifle e uma caixa de balas, e suplantou a relutância do seu garoto, dizendo leve com você e esperando, e testemunhou seu garoto fazer o que era preciso, isto é, deixar de fazer de conta, começar a aceitar a situação e a receber o que o pai estava segurando, que era algo obviamente necessário, e seu garoto ficou sério ao apanhar o rifle e as balas, o que era bom, pois seriedade era o que a situação requeria.

Uma vez de volta à sua própria casa, Anders ficou se perguntando se o rifle o deixava de fato mais seguro, pois sentia que estava totalmente só, e era melhor ter uma atitude de não confrontação do que se expor a encrencas, e ele imaginava que de algum modo as pessoas tinham mais probabilidade de ir contra ele se descobrissem que estava armado, e mesmo que elas não soubessem, mesmo que tantos sujeitos andassem armados, ele tinha a sensação de que era essencial não ser visto como uma ameaça, pois ser visto como uma ameaça, sendo escuro como ele era agora, significava arriscar-se a ser eliminado.

Anders sabia que logo perderia o pai, e essa perda iminente parecia mais concreta agora, mais real, não como o ar, mas como uma porta ou uma parede, algo que se pode golpear, em que se pode trombar, e claro que os filhos sabem que perderão seus pais, mas a maioria é capaz de crer que esse momento não vai chegar já, que está anos à frente, e entre um ano e outro existem meses, e entre um mês e outro existem dias, e entre um dia e outro existem horas, e entre uma hora e outra existem segundos, e assim por diante, os instantes se estendendo ao infinito, e Anders já perdera sua mãe, e vivenciara a realidade de que não dispomos de um tempo ilimitado, mas até então não tivera ainda esse momento com seu pai, esse momento de percepção de que o fim estava próximo, e agora que essa percepção chegava, ele mergulhava num estado reflexivo, e a chegada de Oona em sua casa, quando ela veio, era mais que um alívio, era uma possibilidade.

Oona sentiu algo diferente, não apenas em Anders, pois percebia que havia alguma coisa diferente nele, mas também nela mesma, no modo como ela era atraída até ele, não como um silenciamento do que ela não queria ouvir, não apenas isso, não mais, mas como uma oportunidade de falar, como um começo e não como o gerenciamento de um fim, e talvez o fato de Anders não se parecer mais com Anders permitisse a ela ver seu relacionamento com ele de outra maneira, ou talvez o fato de Anders continuar sendo Anders a despeito de sua aparência lhe permitisse ver de modo mais claro o Anders que havia nele, mas, fosse o que fosse, estava contente de estar ali com ele, contente e humana, sua necessidade não era mecânica, não era um mecanismo, e sim orgânica, e portanto mais complicada, e também mais fértil.

Oona sentou-se ao lado dele, e eles conversaram e fumaram e se beijaram, e o beijo foi um beijo de verdade, um beijo de olá, e quando fizeram sexo, foi como se fosse a primeira vez que o faziam, pois na primeira vez que tinham feito sexo Oona não estava olhando, estava olhando apenas para dentro de si, e na primeira vez que fizeram sexo depois da transformação de Anders não eram Anders e Oona fazendo sexo, era outra coisa, mas dessa vez Anders viu Oona, e Oona viu Anders, e o sexo foi lento, sem pressa, um sexo lânguido, nu, um sexo risonho em um ou dois momentos, com suas urgências plenamente visíveis, seu franzir de cenhos, suas expressões de dor, suas angústias instintivas reveladas, e se eles estavam atuando, sua atuação era uma tentativa de atingir a naturalidade, e em sua tentativa eles se aproximaram, chegaram mais perto um do outro do que jamais tinham chegado antes.

Sete

No trabalho, Anders já não era o único que tinha mudado, havia outros, além daquele primeiro que viera uma vez e desaparecera em seguida, e uma academia que tinha sido quase só de brancos agora não tinha apenas um homem escuro presente, nem dois, esses dois sendo Anders e, à noite, o faxineiro, mas frequentemente três, ou até quatro, e Anders chegara a pensar que isso melhoraria as coisas, mas parecia que estava acontecendo o contrário, e a academia estava cada vez mais tensa, e homens que se conheciam de longa data agiam como se não se conhecessem, ou pior, como se tivessem aversão uns pelos outros, como se tivessem rancor, e na violência do levantamento de um grande peso, no meio daquela violência, a batalha de um homem porfiando sozinho com dezenas de quilos nas costas, ou nos pés, ou acima do peito, havia uma violência maior, e menos prudência, e lesões autoprovocadas devido a cargas excessivas estavam se tornando perceptivelmente mais frequentes.

O sujeito da faxina mantinha dois empregos, e chegava um par de horas antes do fechamento da academia, e limpava primeiro a entrada, depois os escritórios no fundo, e começava a atacar a área principal da academia meia hora antes do fechamento, quando não estava muito cheia, mas aqueles que restavam geralmente eram durões, e irritadiços no final de suas séries de tentativas, e Anders observou que o faxineiro sempre evitava os pontos ainda em uso, passando o esfregão ao redor deles, deixando ilhas secas, e mantendo-se abaixado, o que não era difícil para ele, já que era um sujeito baixo, e Anders se viu pensando numa ave empoleirada perto de leões, como um abutre, ou não um abutre, talvez um corvo, pertencente a outro elemento, o ar, mas se alimentando no mesmo lugar que os predadores do terreno, exceto que essa ave não era capaz de voar, e não estava a salvo em caso de encrenca, e contava precariamente com a circunstância de ser ignorado.

Os fundos da academia, os vestiários e armários e chuveiros, ficavam abertos até um pouco mais tarde, e uma noite, quando Anders estava pronto para ir embora, dois homens começaram a discutir, e levaram a rixa para fora, e eram dois sujeitos mais velhos, mas grandes, corpulentos e fortes, e surpreendentemente ágeis a despeito de suas panças, e começaram a trocar empurrões no estacionamento, e algumas pessoas se juntaram ao redor deles, mas os que se juntaram não diziam coisa alguma, foi isso que chamou a atenção de Anders, eles não diziam para os dois pararem, nem os incentivavam, mantinham-se em silêncio, só assistindo, e logo os dois homens estavam trocando socos, e a coisa ficou feroz, e entre os grunhidos e o arrastar de pés emergiu o som de um punho golpeando o lado de um rosto, o sólido estalo daquilo, o baque, líquido fluindo e osso quebrando ao mesmo tempo, um som tão visceral e perturbador que fez Anders dar meia-volta, e ele saiu andando, saiu andando sem ver o que aconteceu em seguida, se foi o escuro que levou a melhor ou o claro, Anders não quis olhar, e embora não visse, o som permaneceu, e continuou vindo a ele até mesmo quando já estava deitado em sua cama naquela noite, causando um estremecimento, ou uma careta, uma resposta física, Anders se contraindo ali sozinho, em eco.

Na noite seguinte, Oona se juntou a Anders na cama dele, e ficou até a manhã seguinte, e ao acordar, pela manhã, ele ainda estava dormindo, e havia algo de ridículo na sua postura, um descompasso entre seu corpo esparramado e seu rosto tenso e fechado, seu rosto sério no meio de um sonho, como se ele estivesse participando de uma reunião de negócios, mas seus membros se estendiam para todos os lados, livres como os de uma criança, ou de um adolescente, uma panturrilha em cima da canela de Oona, as costas de uma das mãos contra a barriga dela, seus dedos nus roçando o umbigo nu de Oona, onde a camiseta dela tinha se erguido, tornando-a consciente da própria respiração, e ela seguiu sua respiração, através das narinas, corpo abaixo, tocando-o ali, aconchegando-o no movimento de subida e descida da respiração, e ele, quando finalmente abriu os olhos, flagrou nela uma expressão que nunca tinha visto antes, uma ternura quase aturdida, e isso o fez erguer a cabeça e sorrir e esperar e por fim lhe dar um beijo.

"Você tem muito medo de morrer?", ela lhe perguntou.

"Bom dia para você também", respondeu ele.

Ela riu e se aconchegou mais a ele, envolvendo uma perna dele com a sua, e disse que pensava muito na morte, não na dela, necessariamente, mas em gente morrendo, embora nela mesma morrendo também, e ele concordou, e disse que quando sua mãe estava morrendo ele inicialmente teve a certeza de que ela não morreria, teve certeza até não ter mais certeza, e quando enfim percebeu que ela estava morrendo, e não apenas doente, viu o quanto ela queria viver, até que a dor tirou isso dela, e ela passou a querer partir, ou melhor, não queria partir, mas precisava partir, a necessidade de partir sendo maior que a vontade de ficar, e ele não tinha se preparado para aquilo, para o fato de sua mãe precisar partir, e foi uma coisa terrível de se ver.

Ela disse que seu pai tinha partido sem aviso, tinha sido uma coisa absurda, não havia outra palavra, ele estava ali e em seguida não estava mais, e aquilo a fizera pensar que havia um alçapão embaixo de cada um de nós, um alçapão que podia se abrir a qualquer momento, como quando estamos caminhando sobre uma ponte de tábuas e cordas, balançando bem no alto de um cânion, e algumas das tábuas estão podres, e a gente pode dar um passo normal e descobrir que pisou no nada, sem sequer ouvir o estalo, e essa percepção deveria levar a gente a ter mais cuidado, a pisar de leve, mas não foi o que aconteceu com o irmão dela, ele pisou com força nas tábuas, cada vez com mais força, como se ele estivesse satisfeito em quebrá-las, como se uma parte dele desejasse partir, talvez como a mãe de Anders desejara partir, mas sem a dor, ou não, com dor e tudo, mas sem aquele tipo de dor, sem câncer, só com dor no coração, já que o universo o decepcionara, e lhe mostrara que não era o tipo de universo que ele poderia amar, era um universo que traía a nós, a todos nós, e portanto ele decidira partir, ou não decidira, não era uma decisão, era uma direção, uma mudança de direção, e ela enxergara isso bem cedo, e tentara não enxergar, tentara também fazer todo o possível para puxá-lo de volta, mas ele estava fora do alcance, não havia como detê-lo, e por fim ele fez o que fez, e partiu quando partiu, cedo, porque todos iríamos partir, e ele sabia disso mais claramente que as outras pessoas, e não era insensível o bastante para ver o sentido de tentar permanecer.

Eles falaram, ficaram em silêncio, voltaram a falar, e lá fora estava nublado e a luz surgia gradualmente, e Oona sentiu um certo grau de desejo em si, e nele, e pousou a palma da mão no esterno dele, e ficaram observando um ao outro, e uma espécie de obscuridade turvava a receptividade deles, a excitação tinha uma sombra de melancolia, um sentimento descompassado, e só depois de um tempo, quando Anders anunciou que estava com fome, ocorreu a Oona que ela também estava.

Anders preparou o café da manhã e Oona sentiu prazer em vê-lo cozinhar, a maneira estudada e planejada como ele agia, dispondo todos os ovos, o sal, a manteiga, as verduras, aparentemente seguindo uma lista mental, muito particular, e notou que, quando ela falava, ele parava o que estava fazendo para ouvir, como se não conseguisse fazer duas coisas ao mesmo tempo, talvez fosse o modo como havia sido constituído, pois quando ele lia, lia com intensa concentração, e quando cozinhava, cozinhava com intensa concentração, e quando falava, ou beijava, ou ria, estava muito relaxado, mas quando trabalhava, aquilo parecia exigir dele tanto esforço, e ela se perguntava como a mente dele operava, e como era ser ele, e quase achou que as omeletes que ele estava fazendo teriam um gosto diferente, o gosto de seus métodos, de seu enfoque, gosto de estilo Anders, como seu corpo tinha gosto de estilo Anders, mas não, eram apenas omeletes, e eram bem boas.

Oona estava no trabalho no dia em que os tumultos começaram, e sua aula estava meio vazia, porque os tumultos eram previsíveis, tinha havido rumores, até mesmo ameaças, de modo que as pessoas estavam se mantendo em casa, mas uma coisa pode ser ao mesmo tempo previsível e chocante quando acontece, e havia pânico no ar quando Oona e seus colegas fecharam às pressas o estúdio e saíram, e uma vez na rua ouviram à distância o som da anarquia, ou revolução, e Oona sentia seu cheiro, um cheiro de fumaça, e uma mulher escura e um homem claro passaram correndo por ela, com seus dois filhos, possivelmente apartados de seu carro, e Oona se perguntou se a mulher tinha sido escura desde sempre, ou se tinha mudado, Oona não vira os filhos com nitidez suficiente para dizer se eles se pareciam com a mulher, com o aspecto que ela tinha agora, e tudo isso aconteceu num instante, e então Oona pensou em chamá-los, pois seu carro estava bem ali, e ela, Oona, podia lhes dar uma carona, mas então já era tarde demais, eles já tinham dobrado a esquina, e Oona disse ei, disse ei mesmo assim, não muito alto, erguendo a mão, a mão que eles não iriam ver, e por que fez aquilo era algo que ela não saberia explicar, se era para ajudá-los ou para ser o tipo de pessoa que os teria ajudado, e uma das colegas de Oona disse a ela vamos embora, vamos embora, e Oona entrou em seu carro e deu a partida.

Algumas pessoas pareciam estar indo rumo ao centro da cidade, de onde o tumulto se irradiava, e outras fugiam para longe, mas não havia muitos nem de um lado nem de outro, e em toda parte a atmosfera era carregada, e Oona observou que ninguém parava nos cruzamentos e semáforos, então ela também não parava, embora reduzisse a velocidade e olhasse para os dois lados, e esperava ouvir sirenes de carros de polícia, caminhões de bombeiros e ambulâncias, mas não as ouvia, o que era estranho, ouvia apenas uma sirene, solitária, distante, como se todos os outros veículos com sirenes tivessem ido para a direção errada, ou tivessem ficado detidos em suas garagens e estacionamentos, ou sido incendiados, e, já que não ouvia as sirenes, ela continuava apurando os ouvidos à procura delas, e assim foi ao longo de todo o caminho para casa, e o fato de não as ouvir tornava as coisas ainda piores de alguma maneira, fazia com que ela sentisse que aquilo estava além do controle dos seres humanos, da sociedade, uma grande onda que viria e submergiria a cidade, inundaria todos os bairros, não importava o que se fizesse ou se tentasse fazer.

Sua própria rua estava quieta. Pacífica. Ela estacionou e entrou, e por um ou dois segundos foi como se a coisa toda fosse imaginação sua, mas então ela apanhou o celular e viu o que este mostrava, e as pessoas estavam filmando o que acontecia, e as imagens eram imagens de um outro mundo, ou pelo menos de um outro país, imagens de fogo e pancadaria e tropel, enquadramentos trêmulos por mãos excitadas ou aterrorizadas, e os sons eram de gritos e rugidos e risadas e berros estridentes, e era impossível entender o sentido daquilo, ou ao menos dizer se estava acontecendo ali mesmo, naquele dia, e Oona tinha várias chamadas perdidas de Anders, ela ligara para ele sem sucesso do estúdio, e ele chamara de volta repetidamente, até poucos minutos antes, e ela não sabia como tinha deixado de perceber, talvez o toque estivesse sem som ou muito baixo, mas ela ligou para ele agora, e não deu sinal de chamada nem caiu na caixa postal, a linha estava muda, procurando uma conexão, embora ela estivesse conectada, seu sinal era pleno, no entanto seu celular requeria alguma reativação tecnológica, estava empacado em algum limbo, insistindo num comando que não estava vindo, uma permissão, um sinal do que o aparelho devia fazer em seguida, esperando e esperando, embora a espera tivesse terminado.

Oito

O primeiro dia de frio cortante do ano chegou, e as árvores de folhagem transitória já estavam quase peladas, e naquela noite sem lua, sozinho em casa, Anders julgou sentir os antigos horrores despertando, a selvageria quase esquecida em que sua cidade estava assentada, tudo aquilo se juntando do lado de fora, pressionando suas janelas com a brisa.

Naquele momento, de certo modo, ele teve inveja dos militantes, e ficou se perguntando se eles estariam dispostos a aceitá-lo, caso ele tivesse optado por ser um deles, e uma parte dele suspeitava que não era inteiramente impossível que ele tivesse feito tal opção, no fim das contas, e, se ele ainda fosse branco, talvez estivesse lá fora, soprando as mãos com a fumaça pálida do hálito condensado, seguro em sua retidão, ou pelo menos a salvo da retidão deles, mas o fato é que a escolha não lhe era possível, e ali estava ele, com menos frio mas com mais medo.

A academia tinha sido danificada pelo fogo, não gravemente, só um pouco, e, como a maioria dos empresários, o patrão de Anders decidira fechar as portas por um tempo, e Anders não foi dispensado, mas sua situação não era bem a de um empregado, não no sentido de ser pago com regularidade, de modo que tinha que se virar com suas economias e com o que seu pai lhe havia dado, e, ao contar seu dinheiro e avaliar suas provisões naquela noite, pensou de repente no sujeito da faxina, e se seria o caso de ligar para ele, verificar se estava seguro, ou se aquilo era loucura, não era papel de Anders, mas Anders não tinha o número dele, e em todo caso se deu conta, surpreso, de que não sabia sequer o sobrenome do sujeito.

Oona mandou mensagem, e eles se falaram até tarde, e depois disso Anders ficou vagando pela internet, e na cidade parecia que as pessoas continuavam a mudar, gente branca ficando escura, e embora os tumultos tivessem diminuído, os militantes estavam cada vez mais agressivos, e corpos apareciam em terrenos baldios, comentaristas divergindo e discutindo quanto ao número exato, naquele momento eram dois, ou três, ou seis, mas ninguém dizia que não havia nenhum, e as pessoas os enterravam, e dizia-se que os corpos eram escuros, mas não exclusivamente escuros, e entre os escuros havia alguns que não tinham sido sempre assim.

Anders já não se afastava muito de seu rifle. Não se aventurava a sair, e dormia com a arma no chão perto da cama, e cozinhava com ela encostada na parede entre a geladeira e o guarda-louça, e durante um tempo chegou a levá-la consigo quando ia ao banheiro, e depois que isso passou a lhe parecer exagerado, ele simplesmente a colocava na mesinha de centro diante do sofá, onde podia vê-la, de modo que até mesmo então, com a porta do banheiro aberta, a arma estivesse presente.

O rifle, embora tivesse o intuito de fazer Anders sentir-se seguro, também murmurava a Anders uma pergunta silenciosa mas insistente, que era o quanto ele queria viver, e ele não podia se negar, nas tardes intermináveis e nas noites profundas de árvores agitadas, a ouvir a pergunta do rifle, e sabia que seria um jeito sem rodeios de dar um fim a si mesmo, e talvez fosse essa a ideia, a ideia talvez fosse liquidá-lo, liquidar todos eles, todos nós, sim, nós, como era estranho ver-se enfiado nesse nós, e Anders se perguntava o que estaria acontecendo a outras pessoas escuras, e como elas estariam enfrentando a situação, e se estariam se suicidando, de modo rápido com armas ou lento com bebidas e cachimbos e comprimidos, ou resistindo, e ele não se considerava um homem particularmente violento, nem talhado para aqueles tempos, e sua mãe tinha partido, e seu pai logo partiria também, de modo que se ele ficasse, não seria por eles, mas por si próprio, e no entanto a cada dia ele persistia, aborrecido e tenso, é verdade, mas persistia, e assim ele descobriu o quanto queria perdurar, que o impulso de viver era mais forte nele do que poderia ter imaginado, e que não tinha sido diminuído pelas circunstâncias sombrias, nem pelo estranho invólucro que o recobria, e talvez fosse teimosia, ou egoísmo, ou esperança, ou medo, e talvez fosse desejo, o desejo de continuar a ser Anders, ou de estar com Oona, especialmente de estar com Oona, mas, fosse o que fosse, estava ali, feroz, e então ele se agasalhava o melhor que podia, e mantinha-se alimentado, e lia e se exercitava e atravessava sob sua pele marrom aqueles dias solitários esperando pelo que viria em seguida.

Depois dos tumultos, Oona discutiu com sua mãe, repreendeu sua mãe, conversou com sua mãe, chegou a gritar com sua mãe, mas não conseguiu convencer sua mãe, quando muito só conseguiu inquietá-la, e tirar uma parte da felicidade a que sua mãe estava se aferrando, e quando elas brigavam, a mãe de Oona ficava furiosa, mas por pouco tempo, com mais frequência ela ficava insegura, vacilante, e nesses momentos Oona podia captar o pânico em seus olhos, um pânico profundo, duradouro, como um oceano, um pânico que Oona reconhecia porque estava também nela mesma, e Oona não tinha prazer algum em detectar aquilo dentro da mãe, muito pelo contrário, ela queria esconder aquilo, dar-lhe as costas, pelo que revelava dentro de si mesma, e de muitas maneiras era intolerável que sua mãe acreditasse no que acreditava e agisse como agia, mas de muitas maneiras era melhor também, muito melhor, do que o que parecia ser a completa desolação da alternativa, que era estar se afogando sem ter crença nenhuma.

A mãe de Oona resistia à ideia de que estava ocorrendo violência, ou de que estava ocorrendo uma violência substancial, e dizia que, se havia violência, era porque havia agressores pagos pelo outro lado, sabotadores, e que eles estavam tentando matar tanto nossos defensores como nosso povo em geral, e estavam às vezes matando sua própria gente, para nos fazer parecer maus, e também porque alguns de sua própria gente nos apoiavam, e eram mortos por isso, e que a questão central era a separação, não o fato de sermos melhores que eles, embora fôssemos mesmo melhores que eles, como você pode negar isso, mas que precisávamos de nossos próprios lugares, onde pudéssemos cuidar da nossa vida, porque nossa gente estava em apuros, tantos de nós em apuros, e as pessoas escuras poderiam ter o lugar delas, e ali poderiam fazer suas coisas escuras, ou o que fosse, e nós não as impediríamos, mas não iríamos participar da nossa própria erradicação, aquilo tinha que ter um fim, e agora não havia mais tempo a perder, agora eles estavam nos convertendo, e nos rebaixando, e isso era um sinal, um sinal de que se não agíssemos naquele momento, não restariam mais momentos, e estaríamos liquidados.

Oona não tinha como negar que sua mãe parecia de fato ter melhorado, que as mudanças na cidade, e por todo o país, estavam satisfazendo sua mãe, em certo sentido, e Oona tinha a sensação incômoda de que sua mãe estava certa, não moralmente, mas numa dimensão diferente, que seu entendimento da situação era mais profundo que o da própria Oona, como se ela tivesse acesso a uma verdade misteriosa, uma verdade mística terrível, uma espécie de invocação mágica em que Oona não acreditava e que funcionava mesmo assim, e era como se todos os fantasmas estivessem retornando, fantasmas vindo a cada cidade e a cada casa, fantasmas vindo até sua mãe, e compensando-a por sua perda, e aos outros por suas respectivas perdas, mas Oona não se sentia compensada, sentia-se até mais espoliada.

Oona sentia saudade de seu pai depois dessas conversas, de seu pai que era tão confiável, que podia dizer coisas sensatas a qualquer pessoa, e ela estava certa de que seu pai poderia ter ajudado sua mãe agora, ou melhor, que com ele ainda presente, sua mãe não estaria onde estava agora, nenhum deles estaria, mas, ao pensar no pai, ela se perguntava se, de modo integral, completo, ele teria desaprovado o que sua mãe vinha dizendo, ele não era um homem mau, de jeito nenhum, mas tampouco era um santo, e tinha mesmo certos impulsos relacionados com a cor da pele das pessoas, impulsos que, justiça seja feita, eram comuns, especialmente durante a juventude dele, e a vida nunca o empurrara a extremo algum, ele tinha se saído bem, mas e se não tivesse, quem poderia dizer, e, enquanto refletia sobre isso, sua capacidade de vê-lo balançou um pouco, de ver quem ele era, e no entanto sentia falta dele, de seu pai, e sentia falta do irmão, que tinha sido o favorito de seu pai, e que sentira tanta falta dele, até demais, seu irmão que julgava que o pai caminhava sobre as águas, seu irmão que naquele exato momento teria dito a ela que tudo ficaria bem, que sempre dizia isso, e estava sempre errado, e ainda assim sempre dizia, acreditasse naquilo ou não, insincero ou não, afetuoso e comovente, e talvez seu irmão estivesse certo em partir, talvez tivesse razão em ter partido, em começar a partir logo que seu pai se foi, talvez ambos estivessem certos, os dois homens da família, talvez tivessem visto o que estava por vir e não quisessem fazer parte, e Oona não podia recriminá-los por isso, talvez não devesse, mas os recriminava, e não havia escapatória, cabia só a ela.

Anders ouvira dizer que os militantes tinham começado a expulsar pessoas, pessoas escuras, botando-as para correr da cidade, e quando viu carros estacionarem diante de sua casa, percebeu o que aquilo significava, embora talvez seja sempre uma surpresa quando de fato acontece o que a gente está esperando, o que a gente está temendo, uma calamidade dessa magnitude, de modo que Anders estava preparado e despreparado, mas, por mais preparado que estivesse, não esperava que um dos três homens que vieram buscá-lo fosse um homem que ele conhecia, um homem com quem tinha contato, e isso tornava a coisa muito pior, mais íntima, como se a pessoa lhe pedisse segredo ao estrangulá-lo, e Anders não esperou que batessem em sua porta, abriu-a por conta própria e postou-se ali na entrada, de rifle nas mãos, engatilhado, o cano em riste, o filho imitando a postura do pai numa caçada.

Anders tinha a esperança de parecer mais valente do que de fato era, e os três estavam armados, mas pararam ao vê-lo, a alguns passos de distância, e o encararam com desprezo e fascinação, e Anders achou que aquele que conhecia o encarava com entusiasmo também, como se aquilo fosse especial para ele, pessoal, e Anders podia perceber o quanto eles se julgavam impolutos, o quanto estavam seguros de que ele, Anders, estava errado, era o bandido ali, tentando roubá-los, eles que já tinham sido roubados e agora não lhes restava nada, exceto sua brancura, a importância dela, e eles não deixariam que ele a tirasse deles, nem ele nem ninguém.

Mas eles não gostaram nem um pouco de ver que ele tinha uma arma e que aparentemente tomara para si uma parte da iniciativa, afinal de contas aquele era o papel deles, e não estavam esperando aquilo dele, era algo que turvava a simplicidade da situação, então estacaram e se prepararam para um confronto, o seu conhecido, os dois estranhos e Anders, e Anders disse olá, pessoal, em que posso ser útil?

Eles falaram, e Anders ouviu, e no final os homens disseram que era bom ele não estar mais ali quando eles voltassem, e Anders disse que eles teriam que tratar disso, e, enquanto falava, Anders quase acreditou que iria ficar, e ele tinha raiva na voz, uma raiva que o deixava contente, apesar dos sorrisos de desdém deles, mas quando eles voltaram para seus carros e Anders sentiu a magnitude de seu alívio, um alívio que o banhou e o encharcou com a derrota, ele sabia que iria embora, que dali a minutos estaria fugindo, e aquele lugar, seu lugar, tão familiar, estaria perdido para ele, não seria mais seu.

Nove

Quando Anders chegou à casa de seu pai, seu pai puxou-o para dentro e fechou as cortinas esfarrapadas, e em seguida estacionou o carro do filho, o carro que tinha sido de sua esposa, atrás da casa, na estreita faixa de terra que sua esposa havia chamado de seu jardim, onde em outros tempos cresciam flores e tomates e ervilhas-tortas e tomilho, mas que agora era um trecho de terra com tufos de mato, mato seco e morto no início do inverno, e o pai de Anders checou em volta para se certificar de que o carro não era visível da rua, movendo-se com lentidão e rigidez, mas também com determinação, e depois disso, esgotado além da conta, sentou-se ao lado do filho na sala de estar, com a televisão ligada e os rifles junto aos dois, e ficaram esperando alguém aparecer e exigir que Anders fosse entregue, mas ninguém apareceu, ninguém veio, não, pelo menos não naquela primeira noite.

O pai de Anders ainda não estava acostumado com Anders, com a aparência de Anders, e num certo sentido nunca estivera acostumado com ele, nem mesmo quando Anders era uma criança, sem falar por tanto tempo, forcejando para amarrar os sapatos ou para escrever com uma caligrafia que as pessoas conseguissem ler, pois o pai de Anders, embora não fosse um aluno particularmente bom, tinha sido sempre competente, competente nas tarefas que lhe davam, e não apenas na escola, fora dela também, mas seu filho, seu filho era diferente, uma diferença que a mãe do garoto encarava naturalmente, e assim o garoto se tornou o garoto dela, e havia muros entre eles, entre ele e o filho, e o pai de Anders era capaz de entender os valentões que atazanavam seu filho quando este era pequeno, e era capaz de entender aqueles que queriam expulsá-lo da cidade agora, que tinham medo dele, ou se sentiam ameaçados por ele, pelo homem escuro que seu garoto havia se tornado, e eles tinham o direito de se sentir assim, ele teria sentido o mesmo se estivesse no lugar deles, ele não gostava daquilo mais do que eles, e era capaz de ver o fim que seu garoto indicava, o fim das coisas, ele não era cego, mas eles não iam levar seu garoto, não com facilidade, não dele, do pai do garoto, e o que quer que Anders fosse, qualquer que fosse sua pele, ainda era o filho de seu pai, e ainda o filho de sua mãe, e ele vinha primeiro, antes de qualquer outra lealdade, era ele o que realmente importava, e o pai de Anders estava disposto a fazer a coisa certa por seu filho, era um dever que para ele significava mais que a vida, e ele gostaria de ter mais vida dentro de si, mas iria fazer o que podia com o pouco de vida que ainda tinha.

Pela manhã caiu a energia elétrica, e a casa estava na penumbra com as cortinas fechadas e nenhuma luz, mas ainda havia iluminação suficiente para ver alguma coisa, e o pai de Anders achou melhor economizarem as velas para quando anoitecesse, de modo que se viraram no escuro, com Anders falando com Oona ao telefone, constatando que a eletricidade dela também tinha caído, os dois conversando até se darem conta de que não dispunham de meio algum para recarregar seus celulares, já tinham usado muito do que lhes restava, deixando a carga quase no fim, e precisavam parar imediatamente, e logo depois de desligarem Anders descobriu que não tinha mais sinal, e seu pai também não, e Anders ficou se perguntando se o serviço tinha sido cortado de propósito ou se as baterias de reserva das torres de telefonia móvel estavam todas descarregadas.

Anders estava sozinho, recostado em sua velha cama de infância, muito mais solitário por não ter acesso ao mundo on-line, ou, se não literalmente, pelo menos mais solitário em seu sentimento, e sim, as conversas on-line tinham sido deprimentes, não apenas na cidade, mas em todo o país, mas eram alguma coisa, e agora aquilo lhe era tirado, e o próprio tempo passava mais devagar, se arrastando, como se os minutos estivessem cansados, próximos do esgotamento, até que por volta da meia-noite a energia elétrica voltou sem aviso prévio e seu celular captou um sinal e o tempo se rebobinou e retomou seu curso.

Os dias foram passando, e embora eles ouvissem o espocar de tiros de quando em quando, uma das vezes bem em frente de onde estavam, eles não foram atacados, e Anders devia estar aliviado por ter escapado temporariamente dos militantes, mas nesse caso se tratava de um alívio frágil, pois, vivendo de novo em íntima proximidade com seu pai, ele ficou chocado ao descobrir o grau de dor física que o pai estava suportando, uma dor que seu pai podia ocultar por alguns momentos, mas não por uma noite inteira, nem por algumas horas seguidas, e Anders podia vê-la no rosto do pai, e em seus movimentos, e, embora seu pai tentasse poupá-lo e se recolhesse a seu quarto com frequência, Anders podia ouvir seus gemidos abafados e suas imprecações murmuradas, a batalha sendo travada interiormente, a batalha que seu pai estava perdendo, e aquilo fazia Anders se sentir culpado por não ser um filho melhor, por ter deixado o pai tão abandonado, mesmo sabendo que o pai não teria permitido que fosse diferente, que, só por estar ali, Anders estava tirando algo de seu pai, tirando sua dignidade, e forçando seu pai a se permitir ser visto como não gostaria de ser visto.

Na cidade persistiam surtos esporádicos de violência, mas as pessoas continuavam a se transformar, cada vez mais, não importava o que se fizesse, e Oona podia perceber o esforço que começava a ser exigido de sua mãe para manter seu otimismo, sua insistência em que tudo ficaria bem, que eles, os do lado de sua mãe, estavam vencendo, e à medida que a dúvida começou a surgir em sua mãe, outra coisa começou a surgir para Oona, não exatamente esperança, uma coisa que era menos que esperança, ou uma precursora da esperança, o que vale dizer uma possibilidade, uma possibilidade de quê, ela não sabia, mas uma possibilidade que não era letargia, que rompia a letargia, e sugeria vida.

Oona entrou em suas contas nas redes sociais, que ela geralmente deixava intocadas, e ignorou o clamor em curso, e em vez disso voltou no tempo, ao verão passado, e ao verão anterior àquele, um verão menos desolado, e a verões ainda mais antigos, e escolheu as fotos suas em que estava no auge do bronzeado, com a pele mais escura, e muitas vezes com o cabelo remodelado pela água, em piscinas e lagos ou uma praia, cabelo que era mais espesso e rebelde, e começou a brincar com aquelas imagens, a escurecê-las mais, mas isso escurecia tudo, e ela queria escurecer só a si mesma, e então ela achou na internet o modo de fazer isso, e alimentou o algoritmo com suas imagens, e testemunhou sua própria transformação, e passou a ser capaz de alterar não apenas a cor de sua pele mas qualquer coisa que desejasse, e às vezes o resultado era estranho, às vezes era impressionante, lindo até, e ela gostava do fato de ser ela e não ela, e de ser uma ela menos recente, e menos despedaçada, uma ela plena de potencial, uma futura ela nascida de uma ela passada, saltando inteiramente por cima do que ela era agora, desemaranhada do que ela era agora, livre, e isso deu a Oona uma ideia, uma ideia que ela não podia afastar, e não queria afastar, uma ideia que a levava a fazer uma requisição, intrigada pelo que poderia ser.

Oona e sua mãe evitavam sair, a menos que fosse absolutamente necessário, pois as ruas não estavam seguras, nem mesmo na sua parte da cidade, nem mesmo para quem tinha a aparência delas, porque qualquer um podia ser colhido no meio da coisa, uma parte da violência era simplesmente roubo, ou represália, ou aleatória, e ainda que os relatos pudessem ser exagerados, tanto Oona como sua mãe conheciam pessoalmente gente que tinha sido atingida, histórias que não podiam ser ignoradas, de modo que elas ficavam em casa.

Mas as entregas continuavam, e era possível receber uma pizza ou bebidas ou remédios ou drogas, ou qualquer coisa que se pudesse imaginar, bem ali na sua porta, talvez não em minutos, mas com certeza em horas, e quando o pedido dela chegava, os rapazes da entrega trabalhando em duplas, um no carro, vigilante, o outro tocando a campainha, armado, pistola na cintura, boné enterrado na cabeça, cabelo claro saindo pelos lados, Oona falava com ele da sua janela do andar de cima e o deixava ver a cor do seu rosto e jogava uma gorjeta dentro de um envelope e lhe pedia que deixasse a entrega ali mesmo onde ele estava.

Ele esquadrinhava a casa e não respondia imediatamente, e Oona recuava para sair de vista como se tudo estivesse acertado e concluído, mas o carro não se movia por um minuto, um longo minuto, e depois partia, e Oona esperava até que eles estivessem longe, e apanhava seu pedido, saindo e entrando de novo rapidinho, trancando a porta com dupla trava, e voltava para seu quarto, e estava tudo ali, tudo aquilo pelo que pagara.

Oona aplicou a maquiagem com cuidado, pintando-se devagar, desfazendo e refazendo quando cometia um erro, e sentiu o líquido dos tubos se espalhar até quase secar, até ficar virtualmente sólido, e o pó nas escovas, inversamente, espalhar-se como líquido, e ela começou seu trabalho com enorme concentração, criando o que antes talvez se sentisse constrangida em criar, mortificada se fosse vista criando, mas que agora lhe parecia essencial revelar, e a mulher escura que emergia, escura e audaz, não havia outra palavra para aquilo, audaz, aquela mulher era absurda, e afrontosa, e eletrizante, e Oona não pretendia manter aquele rosto, aquele rosto que ela criara, só desejava vê-lo, escalar a parede do penhasco, não se estabelecer lá na beirada, mas ela não conseguiu resistir a usar aquele rosto por um tempo, a descer com ele para jantar.

A mãe de Oona ficou chocada, e em seguida reagiu com dureza, dizendo você devia ter vergonha de si mesma, e quando Oona disse estou com vergonha de mim mesma, sua mãe disse oh, você não está, não, mas devia estar, e Oona disse estou de verdade, e então elas pararam de falar, e comeram em silêncio, e Oona de repente se deu conta, no silêncio crescente, de que achara que talvez fosse gostar daquilo, pensara em obter talvez algum tipo de vitória, mas não gostou, claro que não gostou, e não havia vitória alguma para ela ali, havia apenas derrota, derrota das duas, e nenhuma delas poderia vencer, ou pelo menos ela, Oona, não tinha como vencer, porque em sua vitória haveria uma derrota que tornava impossível vencer, e ela subiu para o seu quarto depois, e tentou de novo ver o que a excitara no rosto que ela havia composto, no rosto que ela havia fabricado por cima do rosto que sua mãe havia fabricado, sua mãe e seu pai, mas não conseguiu ver o que queria, e a remoção da maquiagem foi lenta e desordenada, mais desordenada do que de costume, porque ela nunca tivera o hábito de usar maquiagem pesada, era inábil naquilo, e o sedimento marrom que saía da sua pele e escorria pela pia era como a morte de um rio, como a esterilização de um rio num laboratório.

Dez

Na internet você podia formar sua própria opinião do que estava acontecendo, e sua opinião, sensata ou não, era diferente da opinião da pessoa ao lado, e não havia um meio concreto de determinar qual das duas estava certa, e a fronteira entre o que estava na sua cabeça e o que estava no mundo exterior era difusa, tão difusa que quase não havia fronteira alguma.

Para Anders, a imagem que mais permanecia grudada nele era a de dois homens na cidade, dois homens escuros, encontrando-se não muito longe da casa de Anders, da casa que ele abandonara, e dava a impressão de que eles se conheciam, mas era difícil dizer, porque de início eles se encontraram como se conhecessem um ao outro, mas quando chegaram perto pareceu que não, e suas palavras eram inaudíveis, os únicos sons eram do homem que os filmava, de dentro de sua casa, filmava-os lá fora, na rua, sem que estivesse claro o motivo, e então, sem aviso, um dos dois homens escuros esquivou-se, esquivou-se como um boxeador evitando um golpe, mas sem a mesma graça, sem aquele controle, meio desajeitado, e enquanto ele se abaixava, o outro sacou uma arma, e quando ele se ergueu de novo, o outro o baleou na cabeça como quem não quer nada, e ele se esquivou de novo, mas desta vez não estava se esquivando, estava caindo, e as palavras no vídeo, oh, merda, oh, merda, ditas quase com excitação, sugeriam que aquilo era em parte um espetáculo, e então o atirador saiu andando e o outro ficou lá estendido sem se mexer, e o vídeo continuou por mais um bom minuto, e ele não se mexeu, ou pelo menos não o bastante para ser visível, e Anders não conseguia parar de se perguntar se conhecia um dos dois, não que eles fossem reconhecíveis, pois não eram, não para Anders, mas um deles podia ter mudado, ou ambos, e havia algo neles que era familiar, o modo como se postavam, talvez, ou talvez um deles tivesse uma aparência semelhante à que Anders tinha agora, quase como se pudesse ser um irmão de Anders, irmão do que Anders tinha se tornado, e Anders nunca tivera um irmão ou irmã, de modo que era uma sensação estranha, a sensação de que o atirador era aparentado a ele, embora ele não soubesse dizer de que maneira.

Tinham ocorrido na cidade outros assassinatos registrados por câmeras, mas aquele homicídio específico estimulava a imaginação, e as pessoas o estavam comentando, o assassinato em si estava no centro de uma rixa on-line, uma rixa sobre seu sentido, sobre o que tinha acontecido ali, sobre o que significava, e Anders não fazia ideia do que significava, mas parecia significar alguma coisa, e ele assistia à cena repetidas vezes, e não saía da casa do pai nem por um momento.

Oona tinha visto o mesmo vídeo quando este aparecera, algumas semanas antes, mas aquilo tinha desaparecido rapidamente da sua imaginação, e em vez disso ela se pegou observando os modos como a vida na cidade estava voltando ao normal, ou pelo menos deixando de se tornar cada vez mais anormal, com mais pessoas se transformando, tantas que já era quase esperado quando alguém se transformava, era lugar-comum, parecia que metade de seus contatos on-line tinha mudado, e que havia menos violência nas ruas, menos violência sendo noticiada, e uma ou duas pessoas que ela conhecia, as mais destemidas entre suas conhecidas, estavam começando a sair de novo, rodando de carro, vendo o que se passava, pelo menos à luz do dia, filmando de trás do volante ou do banco do passageiro, e Oona, ao vê-las, e ao ver aquilo, começou a sentir o desejo de também sair, não ainda, talvez não ainda, mas, se as coisas continuassem assim, em breve.

Embora àquela altura várias pessoas certamente tivessem mudado de cor também, Anders ainda se perguntava se podia confiar nos vizinhos, não que eles fossem novos para ele, em sua maioria eram vizinhos desde sempre, mas talvez ele fosse novo para eles, escurecido como estava, e não um Anders a quem eles devessem lealdade, não um Anders que eles considerassem Anders, e ele se sentia inquieto pelo fato de seu carro estar estacionado atrás da casa, onde os vizinhos podiam observá-lo, mas um carro antigo não era uma evidência clara, não dele, não por si só, com certeza não, se não houvesse outra razão para suspeitar, e ele teria ficado mais inquieto se tivesse estacionado o carro em qualquer outro lugar, afinal de contas o carro proporcionava uma espécie de liberdade, uma opção de fuga, e Anders perguntara a seu pai ao chegar ali o que ele achava da questão, se os vizinhos podiam descobrir e denunciá-lo, mas seu pai se recusou a responder, ou talvez tenha respondido, pensando bem, porque um pouco depois ele disse é melhor você evitar as janelas, e provavelmente essa era sua posição a respeito, e Anders, bem, Anders não o pressionara mais.

Ficar preso em casa tinha seu preço, e embora estivesse frio lá fora, em alguns dias o sol ardia também, um sol radiante de inverno, do tipo que ofuscava quando os olhos da gente estavam desprotegidos e havia neve no chão, e com as cortinas fechadas Anders só enxergava lascas de sol, fendas de luz e fatias verticais do mundo exterior, estreitas de cima a baixo, imagens modeladas como as grades de uma cela, e ele se sentia aprisionado, duplamente, triplamente, em sua pele, naquela casa, em sua cidade.

Ele disse a Oona que não viesse, mas ela acabou vindo mesmo assim, falando que as coisas estavam melhorando, que as pessoas agora estavam se acomodando, e que os militantes que restavam não a importunariam, embora desta última parte ela não tivesse muita certeza, e havia mais que alívio em Anders quando Oona o visitou, alívio era uma palavra fraca demais, e o pai de Anders se recolheu quando ela se juntou a eles, cumprimentou Oona e falou com ela por um minuto e depois se retirou para o seu quarto, e havia alívio em Oona também no fato de finalmente ter vindo, e também algo juvenil na situação, como se eles fossem garotos de escola de novo, e desta vez Anders estava sem maconha, e em todo caso nunca fumava perto do pai, seu pai se opunha eternamente à erva, embora não tivesse problema algum com tabaco, que consumia em quantidades colossais, suas guimbas transbordando dos cinzeiros, o cheiro impregnando cada tecido na casa, e Oona ainda tinha um suprimento de erva, um de seus fornecedores tinha desaparecido, mas ela dispunha de outro, e teria trazido um pouco se Anders não a tivesse proibido, já que dar uma escapada para fumar, como ele tinha feito tantas vezes na adolescência, era agora uma possibilidade arriscada demais, e sem maconha eles conversaram e ouviram música sentados no sofá, e na primeira vez que eles se beijaram ali na casa, o pai de Anders, que estava na cozinha, viu-os de relance e desviou imediatamente o olhar, e Oona achou que era por consideração, mas Anders viu algo mais, viu o desconforto no rosto do pai, o desconforto de ver aquela garota branca beijar aquele homem escuro, ainda que o homem escuro não fosse um homem escuro, ainda que o homem escuro fosse Anders, e Anders disse a si mesmo que estava enganado, disse a si mesmo que estava enganado quando sabia que não estava enganado, e seu pai não era uma pessoa discreta, mas fez todo o possível para não mostrar isso, para não revelar a seu filho que Anders era outra coisa que não Anders, menos que Anders, e para Anders o fato de o pai se esforçar ao máximo era tudo o que havia ou poderia haver, e evidentemente teria que bastar.

A mãe de Oona não pôde deixar de notar os rostos escuros em sua rua, cada dia mais numerosos ao que parecia, talvez não circulando muito, não tão ousados, ainda não, mas aparecendo brevemente em seus gramados quando seus gramados estavam cobertos de neve e dando uns passos para fora de casa nas primeiras horas da manhã para limpar a neve de suas calçadas, um deles chegando a acenar para a mãe de Oona quando esta fez contato visual, como se tudo fosse perfeitamente natural, e nada tivesse mudado, mas não era natural, e tudo tinha mudado, mesmo que ninguém além dela parecesse capaz de perceber.

O canal de televisão a que ela mais assistia tinha saído do ar, mas agora estava de volta, e havia apresentadores escuros misturados com apresentadores brancos, e eles estavam desconfortáveis uns com os outros, desconfortáveis e pouco naturais, e faziam piadas mesmo quando discutiam circunstâncias que eram deprimentes, e uma de suas personalidades favoritas do rádio tinha mudado de cor, e de cérebro também ao que parecia, e o que ele dizia agora não fazia sentido algum, como se ele fosse um impostor, uma fraude, e a mãe de Oona não suportava mais ouvi-lo.

Na internet a conversa se deslocara para a busca de uma cura, e enquanto alguns tentavam ir embora dali, encontrar lugares não afetados, convencidos de que a calamidade era infecciosa, e falassem sobre ilhas e montanhas e florestas distantes, a mãe de Oona não podia partir, e a maioria dos outros também não podia, de modo que o zum-zum-zum geral era sobre os progressos rumo à descoberta de um meio de desfazer o horror, mas para cada matéria sobre uma droga ou mistura milagrosa que tornaria a pessoa branca novamente, havia três ou quatro sobre alguém que tinha ficado terrivelmente doente ao tomá-la, ou mesmo que tinha morrido, e a mãe de Oona estava perdendo a esperança.

Uma noite houve uma enorme explosão na cidade, e a onda de choque atravessou a casa de Oona, estremecendo as janelas, mais do que estremecendo, testando-as, parecia, testando seus limites, e atravessando a própria Oona também, atravessando seus órgãos, e depois de um instante de medo a mãe de Oona sentiu uma pequena empolgação, sentiu que alguma coisa estava acontecendo, alguma coisa grande, talvez a maré estivesse virando, talvez finalmente heróis verdadeiros tivessem surgido, mas então Oona entrou em seu quarto e disse uau, você ouviu isso?, e a mãe de Oona disse sim, ouvi, e Oona disse é uma tempestade e tanto, e ergueu as persianas, e a mãe de Oona viu os raios e o granizo descendo do céu e as árvores nuas iluminadas pelos lampejos, e ouviu os trovões, já não tão fortes, e começou a chorar.

Oona foi para a cama junto com a mãe, coisa que não fazia havia semanas, ou talvez desde sempre, e abraçou sua mãe, e a embalou, como uma criança pequena abraçando uma mãe plenamente adulta, era essa a diferença de tamanho, mas não exatamente assim, e sim ao contrário, uma criança gigante abraçando uma mãe minúscula, renascida em outra vida, em ordem invertida, uma vida em que nenhuma das velhas regras ainda se aplicava.

Onze

O pai de Anders agora raramente saía de seu quarto, e havia um cheiro ali, um cheiro que ele podia detectar no rosto de Anders quando seu filho entrava, e às vezes ele próprio o sentia, o que era estranho, como o peixe sentir que estava molhado, e o cheiro que os dois podiam sentir era o cheiro da morte, que o pai de Anders sabia estar próxima, e isso o aterrorizava, mas ele não estava propriamente com medo de se sentir aterrorizado, não, ele vivera com medo por muito tempo, e não deixava que o medo o dominasse, não ainda, e tentaria continuar assim, continuar não deixando o medo dominá-lo, e com frequência ele não tinha energia para pensar, mas, quando tinha, pensava no que fazia de uma morte uma boa morte, e seu sentimento era de que uma boa morte seria uma que não apavorasse seu garoto, que o dever de um pai não era evitar morrer na frente do filho, isso um pai não podia controlar, mas sim que, se um pai tivesse que morrer na frente do filho, então que morresse tão bem quanto fosse capaz, de um jeito que deixasse seu filho com alguma coisa, que deixasse seu filho com a força de viver, e a força de saber que um dia ele próprio também morreria, como seu pai, e desse modo o pai de Anders se esforçava para transformar sua jornada final para a morte numa doação, num cuidado paterno, e não seria fácil, não era nada fácil, era quase impossível, mas era nisso que sua mente estava empenhada, enquanto ele tinha sua mente, em tentar fazer.

A dor tinha atingido proporções que às vezes não deixavam espaço para outra coisa, horas eternas em que não havia ninguém, nem mesmo o pai de Anders, só a dor, mas quando a dor refluía um pouco e havia outra pessoa de novo, e quando era ele essa pessoa de novo, o pai de Anders podia encarar nos olhos seu filho transformado, e acenar afirmativamente para ele com a cabeça, e deixar que o garoto tomasse sua mão, e ouvir as esparsas palavras carinhosas do garoto, tão parecidas com as que sua esposa, a mãe do garoto, tinha usado no passado, e então, quando chegava a hora, indicava com a cabeça a porta para que o garoto pudesse se retirar enquanto a dor vinha se apossar de novo de seu pai.

Depois de semanas escondido ali, Anders finalmente se aventurou a sair da casa do pai, arriscou-se a sair em busca de remédios que suavizassem o gume da agonia de seu pai, ficou sabendo de um funcionário de asilo que conhecia os meandros incertos desse comércio, e lhe telefonou, e o homem que atendeu disse que Anders precisava ir pessoalmente se quisesse conversar, e ele soava tão branco que Anders não se sentiu disposto a revelar sua própria cor, mas colocou o rifle em seu carro, e juntou coragem, e rodou até lá, e ninguém o incomodou no caminho, e o homem que soava branco na verdade era escuro, e Anders achou que ele não se parecia com sua voz, e então pensou: vai saber, talvez ele pense o mesmo a meu respeito.

Anders explicou sua situação, e não ficou claro se o homem acreditou nele ou se desconfiou, mas ele aconselhou Anders quanto ao que precisava, e Anders pagou em dinheiro, e não havia evidentemente receita alguma nem sequer a tentativa de fazer de conta que havia uma receita, havia apenas uma sacola de papel pardo que por alguma razão fez Anders se lembrar de quando era criança e seu pai o levou junto consigo para o trabalho e eles se sentaram em meio a homens fortes no canteiro de obras, e os homens respeitavam seu pai, dava para ver no modo como agiam, e Anders se sentira orgulhoso ali sentado com eles, um menino entre homens, e eles abriram suas sacolas e almoçaram juntos, como iguais.

No caminho de volta para a casa de seu pai com os anestésicos, ambas as mãos no volante, Anders notou a quantidade de rostos escuros que havia, e como a cidade era uma cidade diferente agora, uma cidade num lugar diferente, um país diferente, com toda aquela gente escura circulando, mais gente escura do que gente branca, e isso deixou Anders inquieto, embora ele próprio fosse escuro também, mas ele se tranquilizou ao observar que as lojas estavam de novo abertas e que a maioria dos semáforos funcionava, e ele até passou por uma ambulância que trafegava normalmente, sem sirene berrando, simplesmente se deslocando de um lugar a outro num dia comum, sem pressa, que louco era isso, e quando ele chegou em casa, foi até seu pai e lhe deu sua medicação, e então Anders foi de um quarto ao outro e abriu as cortinas, abriu as cortinas de par em par.

As noites eram ainda mais desalentadoras do que os dias, e a primeira vez em meses que Anders saiu à noite já era tarde, muito tarde, depois que Oona lhe telefonou e pediu que fosse à casa dela, e ele esteve a ponto de dizer que era ela que deveria vir até ele, porque ele não gostava da ideia de deixar seu pai, mas também não gostava da ideia de Oona dirigindo sozinha àquela hora, as coisas ainda não estavam confiavelmente calmas, e violências esporádicas continuavam ocorrendo, e provavelmente ele deveria ter dito para se encontrarem no dia seguinte, mas havia algo no modo como ela falou, alguma coisa convidativa em seu jeito de falar, alguma coisa aberta, e também quando ela falou ele percebeu o quanto estava desesperado para sair, para vê-la em outro lugar, na verdade para vê-la na casa dela, o que acontecera apenas uma vez, quando eles ainda eram crianças, e Anders tinha ido com alguns amigos encontrar o irmão de Oona, sendo que um desses amigos, Anders descobriu depois, era o namorado do irmão de Oona na época, e agora Anders era o namorado de Oona, mais ou menos, e queria estar na casa de Oona com Oona, e quando ela o instou a responder e disse beeeem, esticando a palavra como se houvesse uma mola no meio, um bem tão longo no modo como ela o pronunciou, Anders então disse sim e já estava a caminho.

Fazia um frio cortante naquela noite e não havia nuvens e a lua tinha desaparecido, tinha sido a mais fininha das luas novas enquanto estava no céu, uma lâmina curva no céu de nanquim, e essa lua nova emitira pouca luz, e agora estava em outro lugar, abaixo do horizonte, e a noite era escura, de um escuro profundo e duradouro, e muitas das luzes da rua estavam apagadas, e a sensação de Anders ao dirigir seu carro era diferente da que tinha durante o dia, era uma sensação irresoluta, a ameaça não tinha desaparecido inteiramente, como se a cidade ainda tivesse contas a acertar, e aquilo tudo não fosse terminar enquanto esse acerto não estivesse feito, e então Anders disse a si mesmo para parar com aquilo, parar de se agitar, e disse a si mesmo para relaxar, ou não para relaxar, mas para ficar calmo, manter a cabeça no lugar e prestar atenção enquanto avançava, e avançou e nada aconteceu e enfim ele chegou lá.

Oona saiu para recebê-lo e estava sussurrando, então ele

sussurrou também, e ela disse que a mãe estava dormindo e então o beijou, um beijo bom e forte com toda a extensão do corpo, e eles entraram em silêncio, e ela o levou ao andar de cima, apontando para um dos degraus da escada e fazendo que não com a cabeça, para que ele não depositasse seu peso ali, e em seguida eles estavam no quarto dela, e ele ouviu um arquejo, mas ela sorriu como quem diz não se preocupe e sussurrou é assim que ela dorme, referindo-se à sua mãe, e Oona fechou a porta, e havia alguma coisa no fato de estarem no quarto da infância dela, no quarto ainda parcialmente da infância dela, com sua mãe por perto, aquilo deixava Oona excitada, e Anders excitado, e talvez o vago medo da viagem de carro também contribuísse, mas o fato é que estavam excitados um com o outro, e Anders a despiu e ela o despiu, e eles fizeram sexo na pequena cama dela e não pensaram em muita coisa até o ato chegar ao fim.

Mas, quando terminou, Oona olhou para a porta e sua expressão mudou e Anders olhou para a porta e a porta estava aberta e ali estava a mãe de Oona e Anders a reconheceu mas ela não reconheceu Anders, e por um segundo Anders achou que ela iria gritar, mas não gritou, em vez disso ela correu, ou, se não correu, ao menos ofegou, saiu ofegando pela porta e seguiu ofegando pelo corredor em direção ao banheiro, mas, antes que conseguisse alcançá-lo, suas tripas se revolveram e ela não teve como controlá-las, ela se dobrou e vomitou no tapete, ofegando e ofegando com os olhos molhados e o nariz molhado até seu estômago ficar vazio, e mesmo depois disso, e Oona estava em pé a seu lado, enrolada num roupão de banho, furiosa e tranquilizadora, as duas coisas ao mesmo tempo, mas mais furiosa do que tranquilizadora, e Oona não se curvou para ajudar a mãe, só ficou ali em pé, e o homem escuro que era Anders já estava saindo, rumo ao seu carro, e o som do motor dando a partida veio da rua, e então Anders, com o cheiro de Oona ainda em si, estava indo, tinha ido.

Quando Oona se transformou não houve dor, e sim surpresa, mas Oona já sabia que estava para acontecer, e estava até perplexa com aquela demora, de modo que ela ficou deitada na cama absorvendo tudo aquilo com o coração acelerado mas sem pânico, observando seu braço, tocando sua pele, sentindo o estômago e as pernas, e em seguida usando o corpo para ficar em pé, e seu corpo funcionava como antes, não havia sensação alguma de perda de equilíbrio, ou de qualquer alteração nas suas proporções, embora ela de algum modo se sentisse mais leve, mais escura, óbvio, mas também mais leve, menos pesada, e não mais magra, o peso tendo saído não da sua carne mas de outra coisa, de outro lugar, um peso saído de fora dela, de cima dela talvez, um peso que ela carregara por tanto tempo, sem se dar conta de que o carregava, e agora esse peso tinha desaparecido, como se a massa do planeta tivesse mudado de repente e houvesse menos gravidade com que as pessoas tivessem que lidar.

Oona foi até o espelho e viu uma estranha, mas uma completa estranha apenas por um momento, surpreendente, aquela boca, aqueles olhos, e em seguida uma estranha que Oona tinha acabado de conhecer, uma estranha que estava se tornando familiar, a quem Oona saudava com um olhar fixo, e que olhava fixamente de volta, até que ambas sorriram o menor dos sorrisos, Oona e aquela mulher escura juntas, aquela mulher escura que era uma desconhecida tão recente e que também era Oona, inegavelmente Oona.

Oona não sabia de onde vinha aquilo, mas um sentimento de melancolia a abalou então, uma tristeza pela perda de alguma coisa, e talvez o que ela estava pranteando fosse seu apego à antiga Oona, seu apego ao rosto que ela conhecera e à pessoa que ela havia sido, a pessoa dentro da qual ela vivera e em cujo aspecto se apresentara, ou, se não era isso, talvez fosse um apego a certas lembranças que ela evocara em si mesma, lembranças que agora ela se perguntava se continuaria a evocar, um apego a uma pessoa conectada com aquela pessoa que um dia havia sido uma garotinha, e que ainda não tinha perdido o pai e o irmão, e que não tivera ainda que lutar para não perder a mãe, mas evidentemente essas pessoas que ela havia sido antes pareciam, elas próprias, diferentes, diferentes de sua aparência anterior, diferentes do aspecto que ela, Oona, tivera ontem mesmo, ela mudara antes de mudar, mudara a cada década e a cada ano e a cada dia, de modo que ela achava que não havia motivo para ter que perder suas lembranças, aquelas que ela queria manter.

Em todo caso a melancolia era passageira, pelo menos foi passageira naquela manhã, pois a leveza era mais forte do que a melancolia, a sensação de que estava escapando de uma prisão da qual desejara escapar, pois sua vida se tornara sobrecarregada, e durante muito tempo não houvera saída, só houvera aquela sensação, a sensação de que não havia saída, mas agora parecia que talvez houvesse uma saída, que talvez ela pudesse trocar de pele como uma cobra, não violentamente, nem mesmo com frieza, mas sim para abandonar o confinamento do passado e, libertada novamente, crescer.

PARTE TRÊS

Doze

Quando a mãe de Oona viu Oona, soube que aquela era Oona, e a mãe de Oona se sentou no sofá e não abriu a boca, e quando Oona disse mãe, e sua mãe olhou para baixo, ainda olhando para Oona, mas para suas pernas, para a calça jeans que a filha estava vestindo, calça jeans que era de Oona havia muito tempo, e para os tênis de Oona, tênis reluzentes que Oona comprara no outono anterior, e não para o rosto de Oona, o rosto da filha que era novo em folha, e Oona disse sinto muito, e por que razão disse isso Oona não sabia, e sua mãe ficou em silêncio por um momento, e também por mais um momento, mas depois daqueles momentos sua mãe não continuou em silêncio, sua mãe disse acho que devemos tomar o café da manhã, e de algum modo isso pareceu a Oona a melhor coisa possível, a melhor coisa que sua mãe poderia ter dito, e, caso não fosse, Oona forçaria a barra para sentir que era, e Oona sorriu e assentiu com a cabeça e disse sim, vou preparar já.

Na cozinha, Oona se ocupou com os pratos e o forno e a frigideira e uma faca. Fruta era difícil de encontrar nos últimos tempos, mas elas tinham beterrabas roxas brilhantes que estavam frescas, e Oona as descascou e fatiou junto com batatas e colocou ambas para cozinhar e depois as dourou numa frigideira com cebolas e dois pares de ovos, e, quando terminou o serviço, o café da manhã delas ficou saboroso e colorido, e tinha aquela doçura que sua mãe apreciava, e embora não fosse grande coisa, também não era de se jogar fora.

A mãe de Oona ficou olhando para o seu prato enquanto comia e não chegou propriamente a conversar, mas disse está bom, e isso já bastava para Oona, e a certa altura Oona captou seu próprio reflexo numa colher limpa, um reflexo curvo e disforme e opaco, mas notável por ser escuro, notável pela cabeça escura pequena demais comprimida na concavidade, de algum modo mais escura que a mão que segurava a colher pelo cabo, e Oona raspou aquela colher limpa no que restava de comida na frigideira e o reflexo desapareceu e a colher voltou a ser uma colher e não um espelho distorcedor de parque de diversões.

A mãe de Oona ficou ali sentada, colocando a comida na boca, uma mordida de cada vez, e seguiu mastigando e engolindo, embora sua boca ficasse seca e sua mandíbula se cansasse e engolir se tornasse cada vez mais difícil, e a mãe de Oona sabia que devia ser difícil para Oona, muito difícil para sua pobre e outrora linda filha, estar como estava agora, com aquele aspecto, ver-se despojada de tudo, e ela, a mãe de Oona, era evidentemente uma boa pessoa, uma pessoa muito boa, e queria ser solidária com a filha, e fazia todo o possível para guardar tudo dentro de si, e para ficar à mesa, mas era uma batalha, uma batalha impossível, e quando sua força de vontade fraquejou, ela parou, parou de comer, parou até mesmo de mastigar, e deixou no prato a comida que restava, e puxou a cadeira para trás, e se levantou e subiu as escadas para o seu quarto e cuspiu na pia do banheiro o resto pastoso de comida que ainda estava em sua boca e abriu a torneira até fazê-lo desaparecer, empurrando-o contra os furinhos no ralo quando ficou entalado, e ela disse mentalmente para si mesma você pode fazer isso, você pode fazer isso, mas não podia fazê-lo naquele exato momento, e ela fechou a porta do quarto e não voltou a sair naquela manhã.

Oona esperou sua mãe voltar, embora soubesse que sua mãe não voltaria, e sua espera era como uma vigília, mas as vigílias têm uma duração, não duram para sempre, e depois de um tempo Oona se levantou e tirou a mesa e arrumou a cozinha e lavou a louça e esfregou-a bem, e, quando terminou, seus dedos estavam enrugados e não pareciam exangues como costumavam ficar depois de lavar louça, esvaziados por dentro, mas estavam cinzentos, como se tivessem passado giz neles, ou como se o sal tivesse emergido de um solo encharcado, e Oona apanhou um pouco de creme e esfregou e esfregou seus dedos, esfregou e esfregou até que eles ficaram flexíveis e vívidos de novo, o marrom com o brilho e a vitalidade restaurados.

Oona chegou à casa do pai de Anders e Anders saiu para recebê-la, e Oona ergueu um pouco os braços, com as palmas das mãos para cima, como se dissesse então esta sou eu, e Anders a fitou e disse uau, e abanou a cabeça, e ela então o beijou, e o beijo foi diferente porque os lábios dela estavam diferentes, ou os lábios dele estavam diferentes nos lábios dela, e ela se lamentou com ele pelo que tinha acontecido, e ele fez um shhh de silêncio com a boca e pronunciou um pequeno agradecimento, e ela viu a tristeza nos olhos dele e se deu conta de que ele não achava que ela estivesse se desculpando por sua mãe, pelo comportamento de sua mãe na outra noite, o que era o caso, mas sim que estava se lamentando com ele pelo pai dele, e quando ela entrou e observou o quanto as coisas estavam ruins, compreendeu que tinha chegado no finalzinho do tempo de Anders naquela vida de filho de seu pai e que realmente nada importava para Anders além daquilo.

Oona segurou a mão de Anders, e com a outra mão Anders segurou a mão do pai, e enquanto eles estavam ali, um deitado e os outros dois sentados, os três conectados numa espécie de corrente, Oona teria gostado de falar com o pai de Anders, e de lhe perguntar sobre seu filho quando o filho era criança, e sobre a mãe de seu filho, e sobre ele próprio, sobre ele quando jovem, quando ainda não era o pai de Anders, mas os momentos de conversa estavam no passado agora, pelo menos para Oona e o pai de Anders, e agora havia apenas a companhia e a espera.

Para Anders, porém, haveria outros momentos em que seu pai falaria em seus últimos dias, apenas uma palavra aqui e outra ali, ou ocasionalmente uma frase das mais curtas, e Anders ficava feliz por esses momentos, por essas palavras, embora nem sempre as compreendesse, pois seu pai já não falava mais como antes, e então, quando as palavras ditas não eram mais do que sons, Anders com frequência sentia sua mãe, ou pelo menos sentia as lembranças e a saudade que tinha dela, e esperava que seu pai sentisse sua mãe também.

O pai de Anders às vezes olhava para a pessoa escura sentada à beira da sua cama e sabia que era seu filho, mas às vezes olhava para Anders e não sabia quem era, mas sabia que tinha um dever para com aquele indivíduo, que tinha que lhe dar o que pudesse, e foi o que tentou fazer, e fez o melhor que pôde, mesmo quando, ou especialmente quando, não sabia bem quem era aquela pessoa, porque tinha então um sentimento paterno, ou talvez um sentimento filial, como se ele fosse o filho e aquela pessoa fosse o pai, ambos pais, ambos filhos, e eles tivessem um vínculo, e fossem fazer a travessia juntos, ou, se não juntos, pelo menos não a encarariam desacompanhados.

* * *

Quase todo mundo na cidade tinha mudado àquela altura e só restavam uns poucos extraviados, pessoas pálidas que vagavam feito fantasmas, como se não pertencessem ao local, só que esses fantasmas compreendiam que seus dias estavam contados, de modo que eles eram mais assombrados do que assombravam, e as pessoas olhavam para eles quando passavam, e às vezes eles não conseguiam dormir porque não sabiam o que aconteceria quando estivessem dormindo, mais do que habitualmente, o que era de se esperar, pois, mesmo em circunstâncias normais, cair no sono pode parecer impossível quando se está desperto, e quando se vê já está acontecendo, e não é uma questão de possibilidade, mas um sonho vivido, habitado e, embora impossível, já em curso.

A maioria das lojas e escritórios e restaurantes e bares reabriu, e a maioria dos postos de gasolina também, e os danos foram reparados, e o vidro estilhaçado foi varrido, e as marcas de incêndio foram rebocadas e cobertas por tinta, a não ser em lugares cujos donos tinham morrido ou fugido, lugares que permaneciam como estavam, e se deterioravam mais ainda, como lembretes do que ocorrera ali, acusações implacáveis, rachaduras no chão de uma cidade que sugeriam problemas enterrados nos seus alicerces.

Anders foi ver seu chefe na academia e seu chefe estava muito escuro, e ainda muito grande, possivelmente até maior, embora talvez fosse a cor, e havia alguma coisa machucada em seu chefe, talvez alguma fratura, mas ele tentou sorrir para Anders como se tudo aquilo fosse uma espécie de piada, e quando Anders lhe contou sobre o pai e disse que precisava de um tempo, seu chefe respondeu que não havia problema, e disse palavras que não eram estranhas, mas eram estranhas para ele mesmo assim, estranhas levando em conta como ele era antes, e o que ele disse, de modo quase hesitante, era que sentia muito pelo velho e por Anders, e que desejava boa sorte a ambos.

Anders não reconheceu nenhuma outra pessoa na academia, e, ao dirigir seu carro de volta para casa, refletiu que levaria um tempo para as pessoas saberem quem eram as outras pessoas, exceto, evidentemente, as que já eram escuras antes, e se perguntou se as pessoas que já eram escuras antes sabiam dizer a diferença, se sabiam quem tinha sido sempre assim e quem só tinha escurecido recentemente, e Anders tentava adivinhar no caminho, baseando seus palpites no modo como alguém caminhava, ou como se movia, como se apresentava, e não sabia se aqueles que pareciam mais escondidos em si mesmos, com sua postura recolhida para dentro, o rosto encoberto, se aquilo era uma coisa de pessoa escura, se era o que as pessoas escuras sempre haviam feito, ou se, em vez disso, era sinal de uma pessoa que se tornara escura e estava se escondendo, assim como ele inicialmente tentou fazer, quando mudou, ou se não era nenhuma das duas coisas, e tivesse sido sempre um comportamento comum que ele só notava agora porque estava reparando.

Oona também, ao circular pela cidade, tendo retornado ao trabalho, passou pelo processo de reaprender quem era quem, ou qual era o nome de cada um, pois quem você era não era mais o mesmo que você tinha sido antes, e ela própria ainda era Oona mas não mais sendo Oona, tinha mudado por haver mudado, embora não soubesse dizer exatamente de que modo, assim como não era capaz de distinguir uma pessoa escura de outra, com base em gradações mais sutis na textura da pele de alguém e na forma de seus ossos faciais e na natureza de seu cabelo, como se as pessoas subitamente fossem árvores, todas elas árvores, e ninguém fosse outra coisa, e era possível distinguir uma da outra por seus galhos e sua casca e suas folhas e sua altura, mas não a ponto de uma parecer uma árvore e outra parecer pertencer a uma categoria diferente de planta, um musgo, digamos, ou uma samambaia.

Havia uma espécie de cegueira em ver os outros daquela maneira, e Oona topava com pessoas que conhecia sem saber que as conhecia, e tinha mais dificuldade em avaliar que tipo de gente uma pessoa era, se era simpática ou amistosa ou perigosa, mas junto com essa cegueira, a exemplo do que ocorria com a cegueira real, havia uma nova forma de visão, outros sentidos que se fortaleciam, uma sensação que se baseava no modo como alguém falava com ela, no modo como sua boca se movia, e na expressão de seus olhos, na luz que ela enxergava neles, fosse de curiosidade ou de raiva, e ela precisava fazer um esforço maior para se relacionar com as pessoas, partindo do zero a cada vez, e era cansativo, deixando-a esgotada no final do dia, e ela passou a dormir profundamente, como havia muito não acontecia.

Uma vez Oona estava dirigindo e um carro de polícia emparelhou com o seu, e a policial era uma mulher e não parecia de modo algum uma policial, e Oona se perguntou por um segundo se em algum momento a mulher tivera aparência de policial, e então a mulher olhou para Oona com aquele olhar policial, o tipo de olhar que fazia Oona dar obedientemente um sorriso falso e desviar o olhar, e Oona disse para si mesma que, impostora ou não, a mulher desempenhava bem o papel.

Treze

A mãe de Oona foi uma das últimas pessoas da cidade a se transformar, e havia nela temor por isso, e também orgulho, um sentimento de ter dado o melhor de si e resistido mais do que a maioria, embora às vezes ela pensasse o contrário, que não tinha feito coisa alguma, que não havia motivo para ter demorado tanto, nenhum sinal de êxito a ser reconhecido em sua demora, era só o modo como eram as coisas.

Ela entrou no quarto de Oona e Oona ainda estava dormindo, e quando a mãe de Oona se sentou na sua cama, Oona acordou e se espantou, e a mãe de Oona detectou o medo momentâneo nos olhos da filha, medo antes de a filha compreender o que estava acontecendo, e isso afligiu a mãe de Oona, pois mãe nenhuma deseja ver sua amada filha aterrorizada, menos ainda se a causa do terror for ela própria, mas de algum modo aquilo a contentava um pouco, contentava-a um pouco ver que sua filha revelava seu medo de uma desconhecida escura, pois a mãe de Oona tinha a impressão de que isso desarmava a filha e as deixava mais perto de serem iguais, com uma lembrança mais justa e agradável das brigas que elas tinham travado uma com a outra.

Oona passou aqueles primeiros dias, os primeiros dias depois que sua mãe ficou escura, preocupada com a possibilidade de a mãe fazer mal a si mesma, pois para Oona sua mãe estava arrasada, e poderia agora não querer mais seguir em frente, de modo que Oona mal dormiu por algumas noites, monitorando a mãe a todo momento, e Oona tinha voltado ao trabalho àquela altura, mas tirou uns dias de licença para poder ficar em casa, mantendo um olho vigilante, mas sua mãe não dava sinal algum de desejar pôr fim à própria vida, de preparar uma overdose de remédios ou cortar os pulsos na banheira, nada disso, a mãe de Oona até parecia estar melhor por ter mudado, ou, se não melhor, pelo menos aliviada de alguma maneira, como alguém que tivesse pavor de montanha-russa e tivesse sido pressionada por amigos a embarcar junto com eles, e que estivesse saindo agora do brinquedo, abalada e exausta, sentindo-se traída até, mas que agora tinha superado aquilo e estava pronta para continuar, pronta para dar continuidade ao que restava da tarde.

Nada disso queria dizer que a mãe de Oona estivesse confortável com aquilo, ela ficou aturdida por um período, e pensativa, e se recusava a ver gente, ou ser vista, a não ser por Oona, mas a mãe de Oona já vinha tendendo à reclusão havia um bom tempo, e passara o inverno confinada em sua casa, e seguia com atenção renovada as postagens de seus conhecidos nas redes sociais, todos eles igualmente transformados, e alguns deles tinham começado timidamente a postar fotos de si mesmos, de como estavam agora, como se participassem de um escandaloso baile de máscaras que incluía toda a cidade, mas a mãe de Oona não postava nenhuma foto, e não escrevia coisa alguma, e olhava e olhava e olhava, no entanto não participava.

Oona se perguntava se o colapso de sua mãe viria mais tarde, se em um ou dois meses ela iria mergulhar na espécie de desespero de extinção que Oona temera por tanto tempo que a tomasse, mas Oona também se perguntava sobre o oposto, se sua mãe escapara de desmoronar como Oona havia imaginado, se sua mãe haveria sempre de encontrar um meio de seguir em frente, e se passara simplesmente por um período de luto, ou não simplesmente, pois nada era simples naquilo, mas principalmente por um período de luto, como cabia a uma mulher que tinha perdido o marido e o filho, e se em vez disso tinha sido o medo de Oona que a levara a superestimar o medo de sua mãe, e ela não sabia, Oona não sabia, em retrospecto, se as coisas tinham estado tão incertas quanto ela imaginara, sabia apenas que elas pareciam, talvez, um pouco menos incertas agora, e isso a aliviava um pouco, relaxava-a, só um pouquinho, amainava uma pequena parte dos seus espinhos permanentes, e a tornava, de modo sutil mas perceptível, mais capaz de entregar-se ao sono quando dormia.

Uma noite Oona viu sua mãe observando numa rede social o perfil de um casal escuro e bonito, uma mulher e um homem com uma certa elegância, e também uma certa timidez, ambos ao mesmo tempo orgulhosos e constrangidos, e sua mãe não parava de olhar para eles, e Oona pensou, embora não pudesse ter certeza, que sua mãe conhecia aquelas pessoas, porque havia nelas algo familiar a Oona, apesar de que, quando Oona foi olhar as fotos anteriores deles, de pele clara, não os reconheceu de jeito nenhum.

O pai de Anders morreu numa manhã clara e fresca, e Anders estava com ele em seu quarto quando ele se foi, pois tinha notado a mudança na respiração do pai naquela noite, e ficara ali com ele, e seu pai abrira os olhos na escuridão, e vira Anders ao lado da cama, Anders vendo seu pai vendo Anders, e o pai de Anders fechara os olhos de novo, e sua respiração já dificultosa tinha ficado ainda mais dificultosa, a ponto de o esforço ser palpável, com seu som preenchendo o quarto, como se o pai de Anders estivesse respirando através de um pano que ia ficando cada vez mais grosso, e a força exigida de seus pulmões estivesse crescendo, e quando ele parou de respirar foi depois de uma expiração vigorosa, uma expiração que tirou tudo de dentro, que tirou a ele próprio de dentro de si, e com essa expiração o pai de Anders deixou de existir.

Anders não chorou de imediato, simplesmente ficou ali sentado, e ali sentado era como se eles estivessem esperando alguma coisa, Anders e o pai, e a mão na mão de Anders ainda não estava fria, e foi só quando Anders apanhou seu celular, um celular que ele odiou naquele momento, detestando sua profanidade, a falsidade do distanciamento que ele impunha contra o que lhe parecia uma comunhão sagrada, foi só quando ele segurou aquela placa de vidro e metal e viu sua tela se acender e tentou operá-la com uma só mão, ou um só dedo na verdade, foi só então que ele começou a chorar, e chorou tanto e tão alto que aquilo o surpreendeu, e o fez querer se calar, e Oona, que atendeu do outro lado, não conseguia entender o que ele dizia, mas entendeu o que tinha acontecido, o que devia ter acontecido, e se pôs a caminho, e logo estava lá.

O pai de Anders morreu sem deixar dívidas, tendo pago até as providências de seu próprio funeral, pois ambas as coisas eram questões de princípio para ele, princípio severo e incomum, e ele havia informado Anders antecipadamente sobre o que tinha que ser feito, e os homens da funerária chegaram como encanadores bem-vestidos, e levaram o pai de Anders para seu carro fúnebre, e o transportaram para a funerária, seguidos por Anders e Oona, como se Anders temesse que seu pai pudesse ser roubado ou extraviado, e foi só ali que Anders foi convencido a deixar seu pai, com os profissionais dizendo a Anders que ele seria chamado para ver o pai novamente quando este estivesse pronto, e falaram com propriedade, tinham experiência naquilo, mas, mais do que isso, falavam de uma maneira natural que era firme sem diminuir a enormidade da situação, e Anders os ouviu como outros antes dele os tinham ouvido, e fez como eles disseram e foi para casa.

No caminho de volta para casa o sol estava brilhando como se nada tivesse acontecido e não havia neve no chão e aqui e ali despontavam esboços de verde e era um dia normal que poderia quase ter sido um belo dia, um dia que sugeria, de modo inapropriado, dissonante, que o inverno logo terminaria, e que a primavera estava começando a surgir, e isso tudo atingia Anders, insone e de olhos vermelhos, atingia-o direto na cara.

Anders tinha estado com seu pai ao longo daquela fase em que muitos pais estariam no hospital, e pelo fato de serem só eles dois em casa, a morte do pai de Anders tinha sido íntima para Anders de um modo que a morte do pai de Oona e a morte do irmão de Oona não tinham sido para Oona, e para Anders tinha sido uma morte à moda antiga, e Anders se sentia desconfortável por se separar de seu pai agora, por ter outras pessoas preparando seu pai para o enterro, e ele dizia o tempo todo eu devia estar com ele, eu devia estar com ele, e Oona não sabia qual era a melhor forma de responder, mas sabia também que não importava o que respondesse, então ela se sentou com Anders e o abraçou e de vez em quando lhe dizia você estará, meu amor, espere, você estará.

Oona ouviu a si mesma dizendo a palavra amor, e o fato de dizê-la a comoveu e agradou, e havia para ela um prazer misturado com a tristeza daqueles momentos, um prazer em dizer aquela palavra e em saber que era verdade, como se ela pudesse não saber disso até testá-la, e verificar se ela transmitia o seu peso, e agora ela tinha verificado que sim.

Talvez Anders idealizasse seu pai e talvez o pai de Anders significasse para Anders uma conexão com o passado distante, com tradições com as quais Anders ainda não estava familiarizado e agora não estaria familiarizado jamais, mas Anders foi tomado pela ideia de que devia ele próprio cavar a cova de seu pai, e se perguntou então se o pai de Anders tinha cavado a cova do avô de Anders, e por alguma razão pensou, só pensou, que tinha cavado sim, e Anders quase ligou para o cemitério para perguntar se ele podia fazê-lo, mas então se deteve e disse a si mesmo isto é loucura, e não levou a ideia adiante, embora pudesse se imaginar sentindo a textura do cabo de madeira e o peso daquela pá em suas mãos, penetrando na terra, mas mais tarde se arrependeu daquela decisão, arrependeu-se não amargamente, não, apenas levemente, mas se arrependeu pelo resto da vida.

Na cerimônia fúnebre para o pai de Anders, o caixão estava aberto pela metade, lembrando a Anders a porta dos fundos da casa deles, que era uma porta de duas partes, e o pai de Anders às vezes ficava em pé ali, quando Anders era criança, com a parte de baixo fechada, a parte de cima aberta, e o pai de Anders gostava então de pousar uma das mãos na beirada e fumar com a outra, e ele olhava para Anders com aquela expressão que Anders não conseguia ler muito bem, não era de afeto, não exatamente, mas também não desprovida de afeto, era mais como se ele estivesse tentando imaginar alguma coisa, e os olhos do pai de Anders agora estavam fechados, e ele estava maquiado, o que o tornava meio estranho, e Anders não conseguia ver sua expressão, e Anders não voltaria mais a ver sua expressão.

Anders tinha achado que iria detestar a cerimônia fúnebre, mas não detestou a cerimônia fúnebre, foi confortador para ele estar com aquelas outras pessoas que vieram prestar seus respeitos, e Anders não sabia quem era quem e o que era o quê, não até que se apresentassem a ele, embora ocasionalmente pudesse adivinhar, e não havia muita gente, mas o suficiente, o número certo, aqueles que estavam presentes eram aqueles que se importavam, e a cerimônia fez o que se esperava que fizesse, isto é, tornar real o que tinha acontecido e tecer para Anders e aqueles outros remanescentes uma teia compartilhada de lembranças do que eles tinham perdido, e o pálido pai de Anders era a única pessoa pálida presente, a única pessoa pálida restante em toda a cidade, pois àquela altura não havia outras, e então seu caixão foi fechado e seu funeral aconteceu e seu corpo foi entregue ao solo, o último homem branco, e depois disso, depois dele, não houve mais nenhum.

Catorze

Durante semanas a mãe de Oona não falou muito, e ficava olhando pelas janelas, e fitando as mãos, e fitando as telas, e nas suas telas ela não conseguia deixar de retornar a algumas páginas que frequentava antes, e algumas dessas páginas não existiam mais, ou estavam desativadas, mas algumas estavam ativas, até mais do que antes, e em algumas das que estavam ativas o assunto era o fim do mundo.

O caos final estava se aproximando, dizia-se, uma descida ao crime e à anarquia, e ao canibalismo, canibalismo motivado pela fome e, pior ainda, por vingança, e o sangue iria correr, e todos deviam se preparar para o fim, juntar-se a quem pensava parecido ou entrincheirar-se em suas casas, preparados para o último esforço de resistência antes de sermos todos aniquilados, porque não estávamos mais seguros só por estarmos escuros, eles conseguiam detectar a diferença, ainda sabiam quem éramos, o que éramos, e viriam para cima de nós agora, agora que estávamos cegos, e não podíamos ver uns aos outros, não podíamos ver quais de nós eram realmente dos nossos, e eles viriam para cima de nós como predadores à noite, pegando suas vítimas quando suas vítimas estavam indefesas.

A mãe de Oona lia sobre a selvageria, a selvageria das pessoas escuras, como estava nelas desde o início, e se manifestara repetidas vezes ao longo da história, e não tinha como ser negada, e ela lia os exemplos, os exemplos de quando grupos de brancos tinham sucumbido, e os estupros e matanças e torturas a que tínhamos sido submetidos, e como esse era o estilo deles, o estilo das pessoas escuras, sempre que tomavam uma posição de domínio, e ela ficou apavorada, apavorada com o que lia, mas talvez não tão apavorada quanto tinha achado que ficaria, ou não por tanto tempo quanto tinha imaginado, pois sua filha ia e vinha à casa em sua bicicleta, e sorria para a mãe toda vez que chegava, e a correspondência era entregue todos os dias, correspondência demais, com contas demais, e as plantas cresciam, e seu jardim estava florescendo, e em alguns dias de sol fazia calor suficiente para abrir as janelas no início da tarde, e o cheiro que entrava na casa era aquele cheiro de primavera, aquele cheiro que seu marido uma vez tinha chamado, com uma piscada de olho, de cheiro do tempo fazendo graça.

A mãe de Oona não parou de visitar aquelas páginas da internet, mas aos poucos passou a visitá-las menos, porque a alarmavam, ou não apenas porque a alarmavam, mas porque a alarmavam e ela não queria ficar tão alarmada, não mais, e o contraste entre aquelas páginas e o mundo ao redor dela era simplesmente desconcertante demais, e ela não duvidava delas, os corações daquelas pessoas estavam no lugar certo, e elas sabiam um bocado, mas ela também não tinha um prazer tranquilo com elas, de modo que, sem planejamento, mas com motivação, a mãe de Oona começou a passar cada vez menos tempo on-line, e quanto a Oona, Oona notou que a mãe começara, pouco a pouco, a ficar disposta, à noite, a falar.

* * *

Anders visitava o cemitério todos os fins de semana, e geralmente Oona o acompanhava, iam juntos quando ela passava a noite na casa dele, caso contrário encontravam-se lá, e uma vez ao chegar antes dela ele notou a quantidade de pássaros que havia, e quando viu Oona se aproximando e desmontando da bicicleta e acorrentando-a na cerca, travando-a duplamente com uma corrente grossa e um cadeado pesado, pois as bicicletas, como sempre, tendiam a ser roubadas, e Oona estava caminhando em direção a ele, de algum modo mais alta do que era de fato, com uma postura do tipo que cria uma ilusão de altura, não empertigada, mas alongada e de queixo erguido, flexível e puxada para cima, tudo ao mesmo tempo, como se estivesse prestes a sair dançando, ou voando, e ele a observou então e se sentiu felizardo com ela, em tê-la ali se aproximando dele, ereta a despeito de todo o peso que carregava, e ela acenou e ele acenou de volta e foi a primeira vez que ele se sentiu felizardo em muito tempo.

A mãe e o pai de Anders estavam lado a lado no cemitério, ocupando túmulos contíguos, naquela tarde à sombra de uma árvore próxima, uma árvore que perdera uma parte volumosa de seu tronco e exibia a cicatriz disso, uma cicatriz que provavelmente era o lar de pequenas criaturas, embora no momento nenhuma delas pudesse ser vista correndo ou rastejando nela, naquela árvore que se erguia de um jeito torto e aleatório em direção ao céu, desequilibrada mas bem enraizada e com a base grossa.

Outras pessoas podiam ter aversão a cemitérios e tentavam evitá-los, mas Anders e Oona não eram típicos a esse respeito, não exatamente que eles preferissem estar naquele cemitério, mas ali eles sentiam alguma coisa, e se demoravam ali, se demoravam entre as árvores, as plantas e os túmulos, entre os eventuais enlutados, pois geralmente havia alguns, ou mesmo nenhum, e Anders e Oona permaneciam um tempo ali, predominantemente sozinhos, e encontravam um banco ou um pedaço de gramado para sentar, às vezes por horas, e falavam, ou ficavam em silêncio, e de certo modo sentiam-se em casa.

Naquele dia eles caminharam por ali, devagar, perdidos em pensamentos, lançando olhares aos túmulos de desconhecidos, de quando em quando lendo em voz alta as inscrições nas lápides, e Anders disse a Oona que ele raramente estivera num cemitério antes da morte de sua mãe, na verdade, pensando melhor agora, nem conseguia se lembrar da sua primeira vez, e Oona disse que também não conseguia se lembrar de sua primeira vez, mas se lembrava de quando seu pai foi enterrado, e de toda a família presente, e de como o irmão dela não tinha ido mais ao cemitério depois daquele enterro, tinha se recusado a ir de novo, e eles não costumavam brigar muito, seu irmão e ela, mas houve uma vez em que a mãe deles tinha desejado levá-los, e o irmão disse não, e Oona não gostou daquilo, não gostou do jeito como ele falou, porque ele falou de um jeito tão rude, mas não só por isso, também porque detectou o medo na rudeza dele, ouviu o terror contido ali, um terror com que sua família tinha convivido desde então, e Oona tinha ficado alarmada com aquilo, com o som do terror na voz de seu irmão, e ela brigou com ele, uma briga total, furiosa, mas ele não arredou pé, e no final ele nunca foi, não para aquele cemitério, não até ele próprio ser enterrado.

Anders perguntou se ela queria ir lá agora, e ela pensou no assunto, se queria ir lá naquele momento, ao cemitério onde seu pai estava enterrado, e onde seu irmão estava enterrado no local destinado à sua mãe, mas que não seria mais ocupado por sua mãe, e Oona percebeu que gostaria de ir lá, não naquele momento, mas um pouco mais tarde, sim, ela gostaria de ir lá com

Anders, antes que anoitecesse, mas sem pressa alguma, eles podiam gastar seu tempo, ela estava sossegada ali onde estava, e cemitérios são como aeroportos, estão todos conectados, e ela sorriu, e perguntou se ele entendia o que ela queria dizer, e ele sorriu também, e assentiu com a cabeça e disse que entendia.

Seguiram caminhando, e Anders colocou seu braço em torno de Oona, e desconfiou que talvez houvesse algo diferente neles, em Oona e nele, e pensou que possivelmente eles sentiam os mortos de um modo que não era o de todo mundo, que algumas pessoas se escondiam dos mortos, e tentavam não pensar neles, mas Anders e Oona não faziam isso, eles sentiam os mortos diariamente, a cada hora, enquanto levavam suas vidas, e seu sentimento da morte era importante para eles, uma parte importante do que constituía seu modo particular de viver, e não algo a ser escondido, pois não podia ser escondido, não podia ser escondido de forma alguma.

Numa das noites seguintes, Anders e Oona caminhavam depois do trabalho pelas ruas principais no centro da cidade, e numa sorveteria havia um par de crianças escolhendo sabores com os pais, e os bares, se não estavam cheios, pelo menos não estavam mais desertos, e Anders e Oona entraram num desses estabelecimentos, e sentaram num par de banquinhos altos, e ouviram a música, piedosamente não muito alta, e olharam em volta na meia-luz avermelhada, só levemente vermelha e não tão penumbrosa, e pediram uísque e bateram seus copos um no outro, sem erguê-los num brinde, mas deslizando um contra o outro, vidro encontrando vidro, menos com um tinido do que com um leve clique, e então cada um deles levou seu drinque aos lábios e sorveu o líquido dourado que havia ali, e o uísque ardeu em suas bocas e gargantas, pois eles estavam de barriga vazia, e também ressecados, e desacostumados.

Nenhum dos dois tinha saído para beber em muitos meses, e era um tanto estranho estar fora de casa agora, e ninguém naquele bar parecia inteiramente à vontade, nem mesmo o barman, e nem tampouco os homens que se aglomeravam na única mesa ocupada, e nem Anders e Oona, ninguém, em suma, nenhuma daquelas pessoas escuras banhadas na luz com tom de iluminação de bar, tentando tomar pé de uma situação tão familiar e entretanto tão inusitada, e Oona, notando isso, perguntou-se se era de fato o caso, ou se as pessoas simplesmente pareciam pouco à vontade quando a gente achava que elas estavam pouco à vontade, assim como pareciam loucas quando a gente achava que eram loucas, e talvez todo mundo estivesse com o mesmo aspecto de sempre, o mesmo, só que escuro.

Enquanto ela pensava essas coisas e o uísque se assentava em seu estômago, sua perspectiva mudou e os outros não pareciam mais tão deslocados, e nem tampouco Anders, e ela também não se sentia mais tão estranha, eram apenas pessoas e aquilo era apenas um bar e aqueles eram apenas drinques e Anders estava apenas falando, e ela o ouviu falar, captando a segunda metade do que ele estava dizendo, e então acabou, a diferença acabou, e era de novo uma noite normal para Oona.

Terminaram seus drinques e decidiram ir a um restaurante para jantar, havia um lugar de que ela gostava ali perto, e esse lugar não servia carne e nem pratos que se fingiam de carne, e os ingredientes eram sempre locais e mudavam de acordo com a estação, e enquanto caminhavam para lá, Oona se deu conta de que não sabia se estaria aberto, se ainda existia, mas existia e estava aberto, e as proprietárias estavam lá, duas mulheres, e Oona sorriu para uma delas e achou que sabia quem ela era, e a mulher sorriu de volta como se soubesse quem era Oona, e Oona se surpreendeu com isso, pois como podia aquela mulher saber, e então concluiu que ela provavelmente estava fazendo o mesmo com todo mundo, tratando cada um que chegava como um velho cliente recém-retornado.

A refeição foi um prazer e um sinal bem-vindo de normalidade, e não estava pesada demais, e eles beberam só água, água sem gelo, e podiam sentir o uísque dentro de si, não muito, mas presente, em seu estômago, em suas veias e em seu hálito, e eles se deleitaram experimentando sabores não familiares e a sensação de estar com outras pessoas, pois o restaurante estava com um quarto da sua capacidade, embora já fosse tarde, e quando eles saíram dali, a lua tinha surgido, e eles caminharam a esmo por um tempo e estavam tão relaxados em seu passeio, até que um homem começou a segui-los, um homem escuro que adotou o mesmo ritmo das passadas dos dois, e então chegou mais perto, tanto Anders como Oona cientes dele e percebendo sua aproximação, e de repente o homem gritou, e Anders e Oona tomaram um susto, mais do que um susto, tomaram um choque, e se viraram para encará-lo, com a respiração apressada e os punhos de Anders erguidos, e o homem começou a rir, dobrou o corpo e riu, e deu meia-volta, ainda um pouco curvado e ainda sacudindo de riso, e se afastou andando devagar.

Quinze

A mãe de Oona tinha esperado um acerto de contas, e quando esse acerto de contas não veio, quando aqueles que tinham sido brancos não foram caçados e presos nem açoitados ou mortos, exceto num punhado de casos em que os crimes tinham sido particularmente notórios e os criminosos eram conhecidos e puderam ser encontrados, quando nenhuma contagem de baixas ocorreu naquelas semanas iniciais depois que a transformação da cidade ficou completa, ela começou a relaxar e descobriu que não detestava estar fora de casa em meio às pessoas, não sendo diferente dos outros, não visivelmente diferente, não identificada obviamente como de um grupo e não de outro, e aquilo era uma espécie de moratória, como quando ela era criança e sua professora sabia que a classe inteira havia colado numa prova e, em vez de chamar o diretor, dizia meramente que a prova não seria levada em conta, o significado sendo claro mas o julgamento suspenso, e deixou o assunto por isso mesmo.

Porém, a mãe de Oona sentia saudade, sim, sentia saudade de ser branca, mas, quase mais do que de sua própria brancura, sentia saudade da brancura da filha, e se perguntava se seus netos poderiam ser brancos, se ainda havia uma chance para eles, mas no fundo do coração ela sabia que eles provavelmente não seriam, e isso a entristecia, mas não o bastante para que não quisesse ter netos, um desejo reavivado, na medida em que ela passou a se interessar pela vida amorosa da filha.

Estava claro que sua menina estava enamorada daquele rapaz, Anders, e a mãe de Oona queria acertar as coisas entre eles, pois ele nunca mais tinha vindo visitá-las, e Oona dissera a ela que o pai do rapaz tinha falecido, então ela disse à filha que queria ir visitá-lo, oferecer suas condolências, e sua filha telefonou para ele e ele disse que seria ótimo, de modo que ela foi e eles não falaram sobre o que tinha acontecido naquela noite, uma noite que ambos queriam esquecer, e a mãe de Oona tinha experiência em lidar com a morte e assim ela se sentou perto dele e depois de uma conversinha sobre amenidades ela tomou a mão dele, surpreendendo Oona, e Anders, e talvez também a si própria, e contou a ele que quando era criança ela também tinha sido filha única, e isso não era tão comum na época, e ela se lembrava da morte de seu próprio pai, que tinha partido depois que a mãe já partira, e a mãe de Oona ainda não tinha casado até então, e por isso ela compreendia o que era ser jovem e estar sozinho na casa do falecido, e Anders deu a impressão de que estava prestes a chorar, mas não chorou, em vez disso sorriu, e, ao observá-lo, ela o viu fitando Oona, e Oona tinha lágrimas nos olhos, seus olhos estavam molhados, as lágrimas se acumulando neles sem cair, e Oona encolheu os ombros, e sua mãe a chamou para junto de si e a abraçou, aconchegou sua filha magra em seu peito amplo, e Oona sorriu, e a mãe de Oona pensou nós três somos como uma família.

Talvez não fosse apropriado, mas ela foi tomada pelo desejo de um retrato, e fez Oona e Anders sentarem juntos e postou-se em pé diante deles, e tirou uma foto, e a expressão dos dois era de calma, porque de fato estavam calmos, como se estivessem seguros um do outro, e era uma foto linda, e mesmo antes de chegar em casa de volta, sentada no carro ao lado de Oona, a mãe de Oona já havia postado a foto na sua página de rede social, a primeira foto que postava em um longo tempo, e a tela de seu celular já estava piscando para ela, registrando reações e comentários de aprovação on-line.

Oona tinha que renovar sua carteira de motorista, e o funcionário encarregado lançou um olhar à imagem dela na carteira de plástico e outro ao seu rosto, não uma vez só, mas duas, e Oona achou que ele iria lhe pedir que provasse que ela era quem dizia ser, já que ele não tinha como saber com certeza, mas ele não pediu, em vez disso a perscrutou como se quisesse espiar dentro dela, e disse Oona, em tom mais de pergunta do que de afirmação, e ela disse sim, e ele disse seu próprio nome, só o primeiro nome, e não havia nele nada que não tivesse mudado, mas mesmo assim ela o reconheceu e eles se abraçaram, Oona em especial apertando-o com força, e ele a apertou também, não muito forte de início, mas depois sim, e combinaram que ela esperasse para tomarem um café juntos, e ela esperou e assim fizeram.

O funcionário tinha sido o grande amor do irmão dela, e embora ele e o irmão dela tivessem tido um relacionamento tumultuoso, atando e reatando ao longo do ensino médio, e embora o final tivesse sido ruim, tivesse sido ruim mais de uma vez, em mais de uma ocasião, e embora o irmão dela tivesse se afastado, ele tinha ido ao funeral do irmão dela, postando-se à distância de todo mundo, e Oona tinha desejado falar com ele, mas ele foi embora antes que ela tivesse a chance, e isso tinha sido somente meses atrás, menos de um ano, mas parecia que tinham passado muitos anos, e mesmo não fazendo muitos anos que eles tinham visto um ao outro, fazia anos que não conversavam, mas quando começaram a falar durante o café, foi como se o tempo não tivesse passado, como se estivessem levando vidas paralelas, vidas que corriam por trilhos desviados um do outro, mas ainda os mesmos velhos trilhos, e embora o irmão dela tivesse partido, na conversa deles ele estava quase vivo, quase vivo ainda, e Oona estava viva, agarrada no pescoço pela vida.

O funcionário era um homem lindo com delicados olhos marrons e grandes mãos marrons, e tinha sido lindo também quando garoto, mas não tão lindo, e ela lhe perguntou se estava feliz por ter mudado, e ele disse que sua mudança de cor tinha sido apenas uma de várias mudanças pelas quais ele passara recentemente, tudo fluindo junto, ele se casara na semana anterior ao funeral do irmão dela, sim, tinha se casado, ele repetiu diante da expressão de surpresa dela, ele próprio com uma expressão não menos surpresa, como se mal pudesse acreditar em si mesmo, e estava feliz em seu casamento, e amava seu marido, mas o irmão dela estava presente também, com ele, e estaria sempre ali, agora ele sabia, soubera já no funeral, ele se casara e encontrara um amor e perdera um amor e mudara de cor, e qual dessas coisas era mais importante para ele, ele não sabia dizer, mas provavelmente, provavelmente não era a cor.

Ela o provocou então dizendo que lhe caía bem, querendo dizer a aparência dele agora, e ele disse eu sei que sim, e eles riram, e ele disse cai bem a você também, e ela disse é sério, e ele disse sim, e acrescentou você parecia faminta demais antes, e ela perguntou e agora não pareço, e ele disse agora não, e ela sorriu, e sorriu mais um pouco, seu sorriso cada vez maior.

Era primavera e as manhãs eram frias, mas também exuberantes, e Anders se instalara na casa do pai, a casa da sua mãe, e Oona estava mais ou menos se instalando lá com ele, passando cada vez mais noites, e ajudando-o na limpeza e na arrumação do lugar, e ela tinha coisas na casa da mãe também, e não saíra de lá, mas suas roupas estavam indo para o lar que ela compartilhava com Anders, e no aniversário dele ela lhe deu uma bicicleta, e nas manhãs exuberantes eles pedalavam, pedalavam juntos rumo ao trabalho, parando todos os dias para tomar um café antes de seguir caminhos separados.

Estavam voltando os insetos e, de modo mais espetacular, embora ainda tímido, as borboletas, e enquanto pedalavam eles notavam os espaços onde as borboletas tendiam a se congregar, e um dia havia toda uma nuvem delas em torno de um pequeno arbusto em flor, e Anders e Oona pararam e as observaram por um tempo, cada um com um pé no chão, e não falaram nem fotografaram, só ficaram olhando, e no dia seguinte, quando passaram por ali, as borboletas não estavam mais, e Anders voltou-se para Oona para comentar isso, e ao abrir a boca um inseto entrou nela e ele fez uma careta de desgosto e tentou expulsá-lo, cuspi-lo, e Oona diminuiu o ritmo para emparelhar com ele, e riu.

A mulher que lhes serviu o café naquele dia era nova, e vestia um avental sem camisa por baixo, só um sutiã, embora ainda não estivesse calor, e talvez ela fizesse isso para revelar suas tatuagens, que dançavam em seus braços e ombros, e o curioso em relação a suas tatuagens é que eram quase da mesma cor da sua pele, ou não da mesma cor, mas no mesmo tom escuro, de modo que pareciam mais águas-fortes do que tatuagens, finas, intrincadas e elaboradas, quase invisíveis, mas não totalmente, e Oona ficou se perguntando se a mulher as fizera depois de ter mudado de cor, e Oona não sabia, mas achava que não, ou gostava de pensar que não, gostava de pensar que a mulher as fizera antes, e que mudara de cor já com elas, em direção a elas, por assim dizer, embora de repente Oona tenha pensado com um choque que era possível que a mulher não tivesse jamais mudado de cor, e ao pagar a mulher, Oona disse belas tatuagens, e a mulher sorriu e disse obrigada.

Anders teve a impressão de que seu café tinha um gosto diferente, mas não sabia ao certo se tinha mesmo ou se era um efeito retardado do inseto em sua boca, e sorveu seu café sem o entusiasmo habitual, mas quando ele e Oona trocaram um beijo de despedida, foi um beijo de despedida mais longo e apaixonado do que era o costume deles de manhã, e aquilo o surpreendeu, embora não a ela, já que partiu dela, e com aquele beijo, e sem mais palavras, cada um seguiu seu caminho, ela indo para o estúdio e ele para a academia.

Na academia os danos do incêndio tinham sido reparados, e predominantemente cobertos por pintura, mas alguns sinais permaneciam, visíveis aqui e ali, e os meses sem funcionamento tinham cobrado seu preço das finanças do estabelecimento, o lugar estava reduzido ao básico, especialmente levando em conta o florescimento da primavera, nada de supérfluo, só o mínimo do mínimo, bancos e cavaletes e barras e anilhas de halteres e faixas e correntes, e os espelhos na área principal estavam cobertos de poeira, e Anders se perguntava se o sujeito da limpeza tinha sido instruído a não limpá-los mais direito.

O nível dos halterofilistas que usavam a academia tinha decaído um pouco, talvez porque os tempos fossem duros, ou talvez porque alguns deles tinham desaparecido, mas havia também uns poucos halterofilistas novos, clientes que não tinham sido clientes antes, e em todo caso o levantamento de peso era o mesmo, concentrado, desesperado, empuxos de força máxima, repetidos cinco vezes, ou três, ou uma, homens dando tudo de si, não se exercitando, mas treinando, e talvez nem mesmo treinando, mas lutando, lutando contra a gravidade que o mundo exerce sobre tudo o que anda sobre ele, que o mundo exerce aparentemente de modo igual, embora na verdade não seja igual, de jeito nenhum.

Entre todos ali, o sujeito da faxina parecia o menos mudado, e Anders o observava realizar suas tarefas, e queria iniciar uma conversa, mas nenhuma de suas tentativas levava a lugar algum, e naquele dia Anders teve uma ideia, e esperou até tarde, quando ninguém mais estava por perto, e disse ao sujeito da faxina eu poderia te treinar, você poderia se exercitar aqui de vez em quando, como o restante de nós, você gostaria, e o sujeito da faxina olhou para Anders e disse não, e em seguida acrescentou, menos brutalmente, e sem sorrir, ou sem um sorriso nos lábios, embora talvez com um sorriso nos olhos, era difícil dizer, honestamente podia ser o contrário de um sorriso, e com essa expressão peculiar o sujeito da faxina acrescentou o que eu iria gostar é de um aumento salarial.

Dezesseis

Às vezes parecia que a cidade era uma cidade enlutada, e o país um país enlutado, e isso combinava com Anders, e combinava com Oona, pois coincidia com os sentimentos deles próprios, mas outras vezes parecia o contrário, que algo novo estava nascendo, e estranhamente isso também combinava com eles.

Pouca coisa havia mudado na aparência da cidade, ao menos no início, exceto pela aparência das pessoas que a habitavam, claro, mas a cidade estivera sob ataque naquele inverno, e um trabalho considerável precisava ser feito, e pouco a pouco uma parcela desse trabalho estava sendo feita, nada fora do comum, apenas uma equipe de capacete trabalhando numa ponte, despejando faíscas ocasionais no rio, ou um rolo compressor amarelo brilhante roncando ao recapear uma avenida, o cheiro de combustível e de asfalto fresco espalhado pela brisa.

Anders se lembrava do pai ao ver aquelas coisas, e mais ainda ao sentir o cheiro daquelas coisas, o cheiro de cimento ou de tinta fresca ou de madeira serrada, e suas lembranças do pai não eram todas agradáveis, eram também dolorosas, e embora julgasse que tinha agido bem com seu pai, especialmente no final, Anders não estava seguro de ter feito o bastante, e desconfiava, ou temia, que seu pai também não tivesse tido essa certeza, a certeza de que Anders fizera o melhor, e talvez fosse sempre assim entre pais e filhos, ou certos pais e certos filhos, mas havia amor ali também, Anders tinha a sensação de que seu pai o amara de verdade, e de que ele, Anders, amara de verdade o pai, de que eles, no fim das contas, não tinham julgado um ao outro de modo duro demais, e esse sentimento ajudava Anders a seguir em frente.

A arrumação da casa de sua infância era difícil para Anders, mas tinha que ser feita, e Oona o ajudou, e eles arearam, remendaram, martelaram e escovaram, e mais tarde se lembrariam daqueles tempos, dos dois seminus, pele exposta salpicada de tinta, como um dos períodos de maior união entre eles, e uma foto que Oona tirou deles daquele jeito, digital, mas impressa e montada em forma física, foi colocada no quarto que eles compartilhavam, e mais tarde serviria como uma recordação, uma recordação do início de seu acasalamento, toda vez que eles viessem a brigar.

A casa foi desnudada até o osso, camadas de sujeira, fuligem e poeira sendo removidas, e Anders e Oona remontaram o quarto que tinha sido dos pais dele para ser o quarto deles próprios, e no terceiro quarto, que durante décadas tinha sido um escritório doméstico, uma vez que nenhum irmão de Anders jamais viera reivindicá-lo, apesar das tentativas e esperanças dos pais de Anders, eles transformaram o ambiente numa sala de exercício e meditação, mas também o encheram com algumas das coisas que tinham pertencido aos pais de Anders e que Anders queria manter, bugigangas e fotos e um pequeno troféu de seu pai e o diploma enquadrado de sua mãe, e assim, a despeito de seu novo propósito, de seus pesos de exercícios e tapetes para ioga e rolos de massagem, o quarto parecia familiar, o menos transformado de todos os cômodos da casa.

Quanto ao quarto de Anders, seu quarto de infância, eles o deixaram vazio, recém-pintado e desocupado, como se um morador tivesse acabado de ir embora, ou um morador estivesse para chegar, e provavelmente nem Anders nem Oona saberiam dizer se isso foi feito por alguma razão particular, como um aceno ao passado, ou ao futuro, ou a ambos.

Os anos passavam depressa para Anders e Oona, cada vez mais depressa, como para todos nós, e embora lembranças da branquitude se apagassem, algumas delas também permaneciam, e quando a filha deles nasceu, uma menininha valente num corpinho frágil, logo esguia e com um olhar silenciosamente feroz, não muito chegada aos abraços, embora capaz ocasionalmente de palavras de uma ternura arrebatadora, arrebatadora por ser tão direta e tão rara, um eu te amo dito com um intenso fulgor nos olhos, como um adulto, dito quase como uma acusação, sim, quando a filha deles chegou, e se transformou depressa, depressa demais, numa mulher, eles quiseram lhe dar coisas de antes, sua herança, e falaram então da branquitude, e de como tinha sido, e do pai de Anders, muito parecido com a filha deles, completamente diferente mas também muito parecido com ela, e da mãe de Anders, a professora, e do pai de Oona, e do irmão de Oona, de todos eles, os ancestrais da filha deles, a gente de onde ela procedia, e ela escutava, estava aberta para escutar, mas com calma, sem pedir mais detalhes, e nunca ficou claro para seus pais o quanto ela, ou qualquer outro jovem, entendia de verdade.

Anders e Oona não falavam muito do passado, mas a mãe de Oona, a avó da garota, falava bem mais, e tentava transmitir uma percepção de como tinham sido as coisas, de como eles eram antes, da branquitude que não podia mais ser vista mas que ainda era uma parte deles, e a garota gostava da avó, e era notavelmente tolerante com ela, e assim ela surpreendeu a avó quando a deteve um dia, quando segurou as mãos da avó e disse pare, isso foi tudo, só uma palavra, pare, e não era muito, mas abalou sua avó, profundamente, porque a avó podia ver que a garota estava constrangida, e não consigo mesma, mas constrangida com ela, por ela, por sua avó, e sua avó sentiu um arroubo de raiva naquele momento, mas mais do que raiva ela teve um sentimento de perda, um potente sentimento de perda, mas a garota não soltou suas mãos, manteve-as presas, manteve-as presas e observou as emoções flamejando nos olhos da avó, e quando as emoções haviam flamejado por um tempo, e estavam refluindo, estavam mais calmas, a garota abaixou o rosto e beijou a pele fina e ressequida dos dedos da avó, com lábios macios, um esboço de umidade, e esperou e esperou até que a avó finalmente abanou a cabeça e, de algum modo, de algum modo, sorriu.

Oona era próxima da filha, uma proximidade que aumentava e diminuía enquanto a filha crescia, mas que sempre acabava por voltar quando Oona mais temia pelo fim disso, e Oona ficava constantemente espantada e perplexa com a filha, com a dureza que havia nela, e também com sua confiança silenciosa, e Oona se perguntava se ela própria havia sido assim quando mais jovem, e talvez tivesse sido, um pouco, mas era difícil saber ao certo, e sua filha era pequena mas parecia grande, parecia maior que o próprio corpo, maior que Oona, ocupando espaço num ambiente sem abrir a boca, como um pistoleiro postado em posição de alerta no canto de um saloon.

Oona passou a se preocupar menos com sua filha à medida que a filha crescia, e isso trouxe alívio para ambas, já que Oona havia perscrutado detalhadamente a filha em busca de sinais do sofrimento de seu irmão, e de seu próprio sofrimento, e Oona não os encontrara de imediato, ou só os encontrava com uma dificuldade cada vez maior, e quando elas brigavam, Oona e a filha, o que não era frequente, Oona descobria que podia ficar ao mesmo tempo furiosa com a teimosia da filha e secretamente satisfeita com a habilidade da jovem em defender suas posições.

Anders e Oona não tiveram um segundo filho, e com o passar dos anos eles foram fazendo amor com menos regularidade, a certa altura mudando seu hábito das noites para as manhãs, para aquelas ocasiões imprevisíveis em que acontecia de o desejo surgir para os dois ao mesmo tempo, descansado e singularmente potente sob os lençóis no início de um novo dia, e numa dessas ocasiões Anders esticara a mão para tocar as costas de Oona, um gesto de interrogação, e ela sorrira para si mesma, e se movera ligeiramente para comunicar sua resposta, e foi então que a porta se abriu e a filha deles entrou, como sempre sem bater, mas era raro ela estar de pé tão cedo num fim de semana, e mais raro ainda vir andando, subir na cama e deitar-se entre eles, e ela era uma adolescente agora, e estava completamente vestida, e trazia o cheiro da noitada anterior, e Oona se deu conta de que a filha ainda não tinha ido dormir, e viu nos olhos da filha não exatamente ansiedade, mas alguma outra coisa, inescrutável, e colocou o braço em torno da garota, em parte uma criança, sabia-se lá por quanto tempo ainda, e Anders olhou para ela, para a filha, e não conseguiu ver seu rosto virado para o outro lado, apenas o cabelo, a orelha, a beirada da bochecha e do queixo, mas conseguiu vê-la de modo tão completo, com os olhos da mente, a expressão dela, e exatamente então imaginou-a velha, mesmo sem querer, imaginou-a como uma mulher velha, depois que ele e Oona tivessem partido, e ele sentiu aquilo como um golpe, aquela imagem da filha dali a muitos anos, e pousou sua mão marrom no flanco do rosto marrom dela, acariciando-a, sua filha marrom, sua filha, e milagrosamente ela permitiu.

ESTA OBRA FOI COMPOSTA EM ELECTRA PELO ESTÚDIO O.L.M./ FLAVIO PERALTA
E IMPRESSA EM OFSETE PELA LIS GRÁFICA SOBRE PAPEL PÓLEN BOLD
DA SUZANO S.A. PARA A EDITORA SCHWARCZ EM MAIO DE 2023

A marca FSC® é a garantia de que a madeira utilizada na fabricação do papel deste livro provém de florestas que foram gerenciadas de maneira ambientalmente correta, socialmente justa e economicamente viável, além de outras fontes de origem controlada.